suhrkamp taschenbuch 769

Erica Pedretti wurde 1930 in Sternberg (Nordmähren) geboren. Aufenthalte in Berlin und New York. Studium an der Kunstgewerbeschule Zürich. Sie lebt heute in La Neuveville, Schweiz. *Veröffentlichungen:* Harmloses, bitte, 1970; Heiliger Sebastian. Roman, 1973; Veränderung. Roman, 1977.

Do you remember? heißt die Frage, die Anne nicht mag. Die Frage, die alles ins Rutschen bringt, die eine ganze Biographie, Orte und Zeiten, Menschen und Geschichten durcheinanderwirbelt. Was längst vergessen schien, taucht traumhaft klar herauf. Eben noch Greifbares entzieht sich. Zusammenhänge werden auseinandergerissen. Zusammenhangloses schiebt sich übereinander, verkeilt und verklumpt zu neuen, atemberaubenden Erfahrungen. Nichts bleibt ganz in dieser Lawine, die mit zunehmender Geschwindigkeit über alle Stationen – Mähren, Engadin, New York, London, Paris, Normandie, Griechenland – hinwegrast und immer wieder das Grundmuster eines buchstäblich bewegten Lebens nach oben kehrt: Krieg, Aufbruch, Flucht. Und bald zuunterst, bald zuoberst, an den Trümmern ihrer Geschichte sich wundschlagend, schwimmt Anne, schwimmt Erica Pedretti um ein Leben hier und jetzt, Blick und Sprache unermüdlich auf die Wirklichkeit gerichtet, bevor sie erneut durchbrechen, abstürzen und zerschellen. Jedesmal verletzter und jedesmal bewußter dann, mit immer größerer Skepsis und immer geringeren Ambitionen das Ansetzen zu neuen und genaueren Fragen im Geröll der Geschichte, im Geröll der eingestürzten Antworten.

Erica Pedretti
Heiliger Sebastian

Roman

Suhrkamp

Umschlagbild: Gian Pedretti

suhrkamp taschenbuch 769
Erste Auflage 1982

Druck: Nomos Verlagsgesellschaft, Baden-Baden
Printed in Germany
Umschlag nach Entwürfen von
Willy Fleckhaus und Rolf Staudt

Heiliger Sebastian

I

Beim Abfahren aus einem Bahnhof, auf der schmalen Liegefläche unter der nach Füßen und Staub stinkenden, kratzenden Wolldecke, neben und unter anderen, die wie sie zu schlafen versuchen, zu müde, den Kopf zu heben, um das Namensschild der Station zu lesen:
ein Geräusch im Ohr, als wäre der ganze Waggon von Leitungen durchzogen, als würde überall um sie herum in rasender Geschwindigkeit Wasser durch diese Leitungen, durch Schläuche getrieben, oder Dampf, daß jeden Moment hier oder dort oder an vielen Stellen zugleich die Röhren platzen könnten, der Dampf, siedendes Wasser das ganze Abteil, den ganzen Zug ausfüllen, alle Passagiere vernichten würde.
Oder: als ob der durch diese Röhren unter großem Druck getriebene Dampf, aus unzähligen Düsen ausgepufft, so den Zug in Gang setzen, dann, immer stärker, zu irrsinniger Geschwindigkeit antreiben würde.

Sie liegt da, genießt, daß sie liegend bewegt wird und schläft ein.

Einen Fuß, einen langen Schritt nach dem andern in die Fußstapfen vor mir setzen; dieselben Schritte, zu groß, dem Gang meines Großvaters angepaßt, vor langem, durch das Lichtental. *Siehst du den schwarzen Hund durch Saat und Stoppel streifen?* rezitiert der Großvater morgens um 5, um 6: Osterspaziergang.
Jetzt ist noch nichts *vom Eise befreit*, jetzt ist es eiskalt, und durch den Schnee führt eine Spur, die einer mit langen

Beinen hinterlassen hat. Vor mir und wenn ich mich umkehre: präzis getretene Stapfen, ein grünblauer Schatten am Rand der Vertiefung, in Abständen, die gleichmäßig immer kleiner werden, weit weg zu einer Linie zusammenfallen, einem dünnen Strich zum Horizont.
Zuhinterst, auf der Grenze zwischen der gelbgrauen Fläche des Himmels und der bläulich kälteren der Ebene taucht ein Punkt, etwas Dunkles auf, das sich langsam vergrößert, in Teile gliedert, beim Näherkommen ein Körper wird, Beine laufen, Füße folgen meiner Spur, man erkennt, daß sich die Figur vorneigt, weil sie etwas zieht, die Arme hinter sich, einen Schlitten zieht, der schwer zu sein scheint.
Bis zu dem Haus, in dem ich erwartet werde, ist es noch weit, vielleicht wartet darin auch niemand, hat man mir eine falsche Adresse angegeben, und ich bin den weiten Weg bis hierher umsonst gegangen, würde die Strecke bis zum Haus, das dort vorn kaum auszumachen, wahrscheinlich noch kilometerweit von hier entfernt ist, vergebens gehen, und dann, wenn sich, vielleicht, herausstellen würde, daß der, den ich suche, nicht dort wohnt, müßte ich diesen ganzen Weg zurückkommen, oder auf gut Glück weitergehen.
Hier kann ich nicht warten. Beim Laufen wird mir wärmer werden, und der mit dem Schlitten kommt ohnehin immer näher, wird mich bald einholen.

Eine Gruppe dunkelgekleideter Leute steht vor dem hohen Gebäude mit den schmalen Fenstern ohne Läden, ohne Vorhänge, mit kahlen Wänden. Frauen in formlosen Wintermänteln, die eine oder andere trägt eine Einkaufstasche, stehen beieinander und stecken die Köpfe zusammen.
Kaum sehen sie mich, ich will die Frauen begrüßen, möchte sie fragen ob
da verstummen sie, blicken mich kurz an, eine nach der andern kehrt sich um, mit den Händen in den weiten Man-

telmanschetten die Luft schlagend, läuft, verschwindet eine nach der andern um die Hausecke.
Wäre der Schnee nicht von Sohlen festgetreten, ein runder glatter Platz, man würde glauben, sie seien nie dagewesen.

Der Mann mit dem Schlitten hat mich erreicht (und ich bin doch gelaufen), er steht keuchend neben mir.
– Warum hast du nicht gewartet? Du hast gemerkt, konntest sehen, daß ich schwer zu ziehen hatte.
(Ja ich hatte gesehen, daß er etwas Schweres zog.)
– Da bist du gerannt, als wolltest du vor mir davonlaufen,
(ich bin so schnell ich konnte gerannt)
– und ich habe gerufen, gewinkt, dir Zeichen gemacht,
(ich wollte nichts sehen, nichts hören)
– aber du hast dich nicht mehr umgesehen, hast nur noch auf die Spur vor dir geschaut und bist ohne haltzumachen weitergelaufen.
Er eilt ins Haus, läßt den Schlitten stehn.

Jetzt sieht man, warum der so schwer ist.
Unter den Sitz, zwischen die Kufen ist jemand gebunden, die Hände hinter dem Rücken mit einer Schnur gefesselt, daß die Gelenke abgeschnürt, beide Hände wie gefroren hängen, der Körper zieht sich, Knie spitz gewinkelt, in Schmerzen, auch aus Platzmangel zu einem Z zusammen, der Kopf baumelt vornüber.
Höchste Zeit, den Gefesselten, der schon rot ist, zu befreien.

Bitte nichts beschönigen:
dieses Haus muß vor etwa 35 oder 40 Jahren gemalt worden sein, jahrelang habe ich es täglich angeschaut, samt den Weibern davor.
Nun sehe ich es wieder, bin wie nach Hause gekommen.

Drinnen wird es warm, werde ich geschützt sein. Ich fliehe, überlasse den unter dem Schlitten seinem Schicksal, hätte er mich nur nicht eingeholt!

– Wissen Sie wo der Grueber wohnt?
– Gruber, Grüber, wer wohnt?
– Man hat mir diese Adresse gegeben, er muß hier wohnen, in diesem Haus.
– Wie war der Name?
– Gruëber.
– Wir wollen nachsehen. Wen soll ich melden?
– Anne.
– Geh! Sie schubst ein etwa fünfjähriges Kind, geh schnell hinauf nachschauen! Das kann schon sein, daß jemand mit diesem Namen oben wohnt, es gibt hier viele Wohnungen. Lauf! Sie können inzwischen hereinkommen. Sie hält die Tür auf, an der, in ein kleines Messingschild graviert, *Défarge* steht, weist ins Vorzimmer,
– vielleicht wollen Sie Ihren Mantel ablegen? Es ist warm herinnen, und es wird eine Weile dauern, bis das Kind zurückkommt, das ist ein sehr großes Haus. Das Hauptgebäude allein besteht aus vier Trakten mit verschiedenen Seitenflügeln, und im Garten sind noch die Pavillons. Sie werden sich eine Zeitlang gedulden müssen. So, hier herein.
Wir sitzen uns in Plüschfauteuils gegenüber, Frau Défarge, die hier Hausmeisterin zu sein scheint, und ich. Sie stützt die Hände auf ihre Knie, neigt sich zu mir:
– wer hat Ihnen unsre Adresse gegeben? wie haben Sie hierhergefunden?
– Ich werde erwartet. Vor einer Woche habe ich an Grueber geschrieben und mich angemeldet.
– Wurde Ihr Brief bestätigt?
– Nein.
– Sehen Sie!

– Es kann sein, daß er mir geantwortet hat, der Brief aber erst nach meiner Abreise angekommen ist. Ich bin schon einige Tage unterwegs.
– Wie konnten Sie nur so unvorsichtig sein, sich auf so eine Unternehmung einzulassen? Hatten Sie wenigstens eine schöne Reise?
Sie beginnt zu stricken, scheint sich auf ein längeres Beisammensein, auf meinen ausführlichen Bericht einzustellen, sie schaut mich an, strickend:
– eine angenehme Reise?
– Eigentlich ja. Die Strecke mit der Bahn war ganz schön. Nur der Weg vom Bahnhof hierher war beschwerlich. Ich dachte, daß Grueber mich auf dem Bahnhof erwarten, oder, wenn er selber verhindert wäre, daß er vielleicht ein Taxi oder einen Schlitten schicken würde. Doch an der Station war niemand zu sehen außer dem Bahnhofvorsteher. Ich hätte ihn nach einem Taxi fragen können, er war aber mit dem Zug beschäftigt. So wartete ich eine Weile, ging um den Bahnhof herum, fand jedoch kein Fahrzeug, niemanden, nicht einmal einen Wegweiser. Im Wartesaal sah ich nur leere Bänke, einen Ofen, doch der war ungeheizt, es war zugig drin und so kalt wie draußen. Als kein Mensch erschien, außer mir war auch niemand ausgestiegen, wollte ich mich, sobald der Zug weiterfuhr, an den Bahnhofvorsteher wenden. Der kehrte sich um, ging davon, in das Bahnhofgebäude, wies mit dem Finger auf eine Schrift EINTRITT FÜR UNBEFUGTE VERBOTEN! und verschloß die Tür hinter sich. Ich rief, ich habe geschrieen, daß er mich durch das Glas der Tür hören mußte: können Sie mir bitte sagen, wie ich nach X komme? Wo, in welcher Richtung geht es nach X? Da streckte er den Arm in die Richtung, die ich dann eingeschlagen habe, in der ich weitergegangen, geradeaus stundenlang durch tiefen Schnee gestapft, bald vor Kälte gelaufen bin.
– Es hat tagelang ununterbrochen geschneit, sagt Frau

Défarge, und seit es zu schneien aufgehört hat, ist es bitterkalt. Sie haben Glück gehabt: meist läuft man im Kreis statt geradeaus, schläft am Ende ein und wacht nicht mehr auf.

– Ich weiß. Drum hab ich mich an eine Spur gehalten. Warum wird der Weg hierher denn nicht gepfadet?

– Das wäre noch schöner! dann könnte ja jeder kommen, uns jeder finden. Wir legen keinen Wert auf Fremde. Wir empfangen im allgemeinen keine Besucher, es sei denn, sie wären uns empfohlen und angemeldet worden. Sie legt ihre Strickerei in den Schoß, (und nun kommt sie mir irgendwie bekannt vor) stützt die Hände wieder auf, knickt die Ellbogen ein, (ja ich kenn sie) neigt sich noch näher (sagt man, vermutet man nicht, daß Hausmeister und Polizei zusammenarbeiten? Doch was soll das?).

– Sie verschweigen mir etwas.

– Vielleicht. Da war noch irgend etwas Unangenehmes, aber

– aber das wollen Sie, das sollen wir lieber übergehen. Nicht wahr? Darüber möchten Sie lieber nicht reden. Sie wollen nicht wissen, wer auf dem Schlitten war?

(Nein nein ich hab bereits vergessen was wer es war hab gar nichts richtig gesehn nur hin- und gleich wieder weggeschaut gleich wieder alles vergessen nein nicht)

– ich weiß nichts weiter zu erzählen. (Défarge, den Namen kenn ich. Madame Défarge.)

– Und, sagen Sie mir, warum sind Sie gekommen?

(Warum bin ich eigentlich hier?)

– Was wollen Sie hier, gerade in diesem Haus? Sie sind doch nicht nur wegen, wie heißt er, Grüber?

– Gruëber.

– Gruëbers wegen gekommen. Oder sind Sie etwa mit ihm verwandt?

(Natürlich bin ich mit ihm verwandt.)

– Sie wissen nicht einmal sicher, ob er hier wohnt.

(Wohnt er wirklich hier? Er hätte mir doch, wie ich ihn kenne, geantwortet und er hätte mich auf dem Bahnhof abgeholt, mich niemals allein den weiten Weg hierher gehen lassen, er kann sich vorstellen, wie es ist, an einer unbekannten Station zu stehen, ohne zu wissen, wie es von da aus weitergeht.)

– Sie wohnen im 5. Stock, Gruebers, sagt das Kind. Du kannst sie einmal besuchen, übermorgen oder überübermorgen, nur nicht heute.
– So lange kann ich doch nicht warten.
– Warum nicht? Sie können sich inzwischen ein wenig umsehen, meint die Hausmeisterin, steht auf, in der Tür zur Küche:
– es ist Zeit für den Tee.
Tee trinken. Warten. Sich ein wenig umsehen: in diesem Zimmer (die große gerahmte und retouchierte Portraitfotografie eines Mannes ohne Alter, die Kinderfotos und die Gruppenbilder genauer ansehen), in dieser Wohnung (es widersteht mir, in die Küche, ins Schlafzimmer einzutreten), in diesem Gebäude und in der näheren Umgebung, das ist ja ein großes Haus mit Haupt- und verschiedenen Seitentrakten, mit einem weitläufigen Garten, darin Pavillons.
Sich nach dem Abendessen in einem Gastzimmer ins Bett legen.

War es mir je so übel wie jetzt? Wo welche Nacht, war das in Paestum, bin ich gerannt wie diese Nacht vom Bett zum Klo vom Klo zum Lavabo ins Bett zum Lavabo aufs Klo die ganze Nacht keine Möglichkeit etwas dagegen zu tun schlucken und lange genug in mir zu behalten daß es wirken könnte gegen das Übel in Magen Darm Kopf gegen Frutta di mare gedörrte Pilze Polizei Concierge Plüsch Portraits gegen das was ich vorher gesehen habe hilft nichts nichts hält das auf

das will muß raus alles bis nichts mehr drin ist und
würgt weiter jetzt und zwischen den Tempeln
daß sie schön sind, seh ich nicht, würgt im Bus nach
Sorrent, würgt noch in Neapel, wo ich sterben will,
wie jetzt.

In den 5. Stock nimmt man am besten den Lift. Das ist ein großer Warenlift, eine offene Gitterkonstruktion, wie man sie nur noch selten, in alten Häusern antrifft. Die Tür schließt nicht, ich versuche es vorsichtig, energisch, ich reiße sie knallend ins Schloß, sie fällt zurück, am Ende ziehe, halte ich sie zu, worauf sich der Lift sofort in Bewegung setzt, klappernd, auf jedem Stockwerk an Mauervorsprüngen kratzend, von Stockwerk zu Stockwerk schneller hinauffährt, zuoberst hält. Ich erreiche mit einem Sprung den Etagenboden, bevor der Gitterkasten in die Tiefe fällt.

Die Rampe hat an der Stelle, wo ich stehe, kein Geländer; wenn ich, vorsichtig, bis zum Rand vortrete, sehe ich unter mir gleiche Rampen, die um die vier Seiten dieses Innenhofs führen, viermal. Auf fünf Stockwerken Betonbalkons, meist geländerlos, von denen Türen, wie ich annehme, in Zimmer, in die Wohnungen führen. Keine Treppen, der Lift ist hier die einzige Verbindung zwischen den Stockwerken. Doch vielleicht gibt es irgendwo im Innern der Trakte Stiegenhäuser. Das Glasdach über mir läßt durch Staub, zwischen kalkweißen Flecken und dem Stern von Rissen und Brüchen, die ein Steinwurf verursacht haben mag, Stücke Himmel erkennen.

Ich gehe, schwindlig, bis zur nächsten Tür und läute. Jemand öffnet und schickt mich weiter. An einer andern Tür begrüßt mich eine Frau, gibt mir die Hand, daß ich mich gleich sicherer fühle, und auf meine Frage nach Grueber begleitet sie mich zurück, um den Liftschacht, dann einem hohen Gitter entlang zu einigen ältlichen Weibern.

Eine Alte streicht ihre Schürze glatt, und als ich sie nach Grueber frage, fährt sie mich an, woher sie denn wissen solle, daß ich gerade sie suche, nicht irgendeine andere meine, (bemerkt sie keine Familienähnlichkeit?) und überhaupt: ob das Kind mir denn nicht ausgerichtet habe, daß ich dann und dann, nur nicht heute kommen solle?
Von all dem verstehe ich nichts. Es ist schon spät, habe ich nicht lange genug gewartet?
– Ich suche Grueber, wenn er nicht zuhause ist, wenn ich ihn nicht sehen kann, möcht ich wissen, wie es ihm geht, sage ich. (Wie fühlt er sich? Was macht er? Malt er?)

Vieles würde ich fragen, vielleicht ist sie seine Schwiegermutter und weiß Bescheid. Aber ich kann diese Frau nicht ansprechen, ich weiß nicht, wie sie heißt, wenn sie nicht seine Schwiegermutter ist, und wenn sie es ist, weiß ich nicht, ob sie sich Němcova, Němec oder Deutsch nennt, und ich habe den Eindruck, sie würde auf solche Unterschiede großen Wert legen.

Immer wieder diese Schwierigkeiten mit den Namen. Namen geben. Sich Namen merken. Und merke ich mir ausnahmsweise einen, ist damit niemandem gedient, wenn ich nicht mehr weiß, zu wem, welcher Sache, er gehört. Namen helfen mir nicht weiter.

Die Frauen drängen mich in die Wohnung, verschließen hinter mir die hohe, zweiflüglige Tür.
Nun fängt es um mich herum an:
zuerst Fragen, wieder, woher ich komme, woher ich die Adresse habe, und dann dies und das, und ob ich wisse wie gefährlich und daß diese und jene Sie haben keine Ahnung und ob ja eben der hat das auch ja die sowieso und wieso denn der Bauch die Beine ja was weiß ich und Brunnen-

wasser gegen offene Beine Operation was sagst du da dazu wirklich schlimm und immer schon im Rücken und immer wieder weh und doch eigentlich zu alt krumm ich sags ja zu schwer Kreuzschmerzen und ich hab das Gleiche schon immer die Beine die Bucklige da unten und das jeden Tag gestern auch wieder was meint denn der eigentlich in dem Alter das Herz das ist eh schon zuviel viel zu viel und zieht je das ist doch die Höhe genau genau so weh das Kreuz sowieso tragen das ist ja eh alles schief und so ists halt eben der Bauch Beine Herz und der Rücken ob dus willst oder nicht schlimm immer schon so gewesen und wird immer so
und längst habe ich mich aus ihrer Mitte gedrückt, mich, nur von der Einen bemerkt, von ihnen entfernt.

Das scheint sein Zimmer zu sein: ein hoher Raum mit Stukkaturen an der Decke, einer riesigen dunklen Tür, zwei großen schmalen Fenstern gegen Norden, ein Raum, den man zur Not als Atelier benützen könnte, der vielleicht sogar ein gutes Atelier ist.
– Während seiner Abwesenheit haben wir seinen ganzen Besitz hier hereingeräumt, sagt die Alte, wahrscheinlich seine Schlummermutter.
An eins der Bilder an der Wand, eine grüne Landschaft, Bäume, kann ich mich erinnern: am schönsten ist die mittlere Partie, hatte ein Kritiker oder Kollege einmal gesagt, sehen Sie, das, und mit seinen Händen einen Ausschnitt gerahmt, machen Sie doch ein Oval daraus. Jaja, hatte er geantwortet.
Auf der Kommode zwischen den Fenstern steht eine alte Uhr; unter der Glashaube halten zwei knieende Broncefiguren das Zifferblatt.
– Die gehört seiner Freundin, die vor Jahren nach Übersee geflohen ist, erklärt die Frau.
Ein Bett. Ein großer abgeräumter Tisch. Stühle.

– Und wo sind die anderen Bilder?
Sie weist auf den Teil des Zimmers, der von einem blauen Vorhang verdeckt ist:
– die Bilder können Sie sich später ansehen, aber zuerst, und sie führt mich zu einem der Fenster,
– schauen Sie sich einmal unsere Aussicht an!

Diese Ebene kenne ich. Die Luft darüber scheint glasig blau, das mag an der Stunde liegen.
Ich beuge mich hinaus: links und rechts die gleichen Fenster, auch unter mir: ein Bau, den man kaum freiwillig bewohnt.
Unten steht, *immer noch,* und ich bin nun schon so lange Zeit hier, unten hängt er violett immer noch am Schlitten, der umgekippt wurde, der Andere versucht mit Gewalt die Schnur, die tief eingeschnitten die Gelenke abbindet, durchzuschneiden.
Als endlich die Schnüre vom Schlitten abgetrennt, gerissen sind, zieht er den Körper mühsam, auf dem Boden schleifend, fort.

– Jetzt ist er wahrscheinlich tot und spürt nichts mehr, meint die Alte.

2

Vielleicht träumst du zuviel, sagt Gregor.
– Dasselbe hat mir vorhin der Reporter gesagt: Sie träumen zuviel.
Das ist nicht ganz dasselbe. Warum hast du ihn nicht rausgeschmissen!
– War nicht möglich. Jedenfalls nicht auf höfliche Weise. Der wollte nichts merken. Wie sind Sie eigentlich hierhergekommen? hat er gefragt, sind Sie freiwillig gekommen oder haben Sie die Umstände dazu gezwungen?
– Ich wurde nicht gefragt, ob ich wollte oder nicht, ich war noch ein Kind.
– Aber Sie sind gerne gekommen.
– Ja, unter den schwierigen, gefährlichen Umständen damals bedeutete es das große Glück, abfahren zu können. Dann hab ich mich mit Arbeit entschuldigt, wen interessiere das schon, wie wir leben, und wollte ihn verabschieden.
– Aber wenn man dich damals gefragt hätte? fragt Gregor.
Anne lacht.
– Warum antwortest du nicht?
– Das hat mich in all den Jahren noch niemand gefragt. (Ich sitze in einem Zug, der fährt von Osten nach Westen, ich werde von Prag nach St. Margrethen gebracht. Man fährt doch gern ins gelobte Land, besonders unter den herrschenden Umständen. Warum sollte jemand eine Ausnahme machen. Mach ich eine Ausnahme?)
– Doch: wenn man mich gefragt hätte, und wenn man die Wünsche von Kindern berücksichtigen würde, selbst dann, wenn sie so eindeutig gegen ihr eigenes Glück gerichtet sind, wär ich geblieben.

– Du wärst wirklich geblieben?
– Ja. Oder wer weiß: wahrscheinlich hätte auch ich später versucht, so wie Grueber und wie viele andere, auszuziehen. Vielleicht hätte ich es aber nicht einmal als Erwachsene über mich gebracht fortzugehn. Müßige Überlegungen: es wäre gar nicht möglich gewesen.
– Wie kannst du ihn nur Grueber nennen. Vergiß ihn. Und diesen Reporter wär ich schnell los geworden: my home is my   hoffentlich hast du mich drausgehalten.
– So gut ich konnte, sagt Anne.
– Unsere »gesellschaftliche Funktion« hättest du ihm erklären sollen, meint Gregor: meist Sonne im Herzen, auf jeden Fall genügend Sonne, um den Besuchen Wohlsein zu vermitteln,
– ein freies, friedliches Leben führen, ohne andere Probleme als die selbst eingebrockten, lacht Anne,
– man muß ja schließlich nicht malen!
– Naive mit gerade soviel Intelligenz, auch ein wenig Humor,
– auch ein wenig Manieren, gemeint ist Auftreten,
– daß ein Gespräch, hie und da, möglich, nicht zu langweilig, aber auch nicht zu anspruchsvoll und anstrengend ist.
– Ferienland!

– Und nun gefällt es Ihnen hier.
Der Mann schaut sich im Zimmer um, als könnte ihm ein Wohn- und Arbeitszimmer genauere Auskunft geben
– jetzt haben Sie sich eingelebt, Sie fühlen sich hier daheim.
Er geht hinter Anne zum Fenster, lehnt hinaus.
– Der Lärm draußen, vom Morgen bis zum Abend, ununterbrochen, sagt sie und schließt das Fenster.
– Ein schöner, wenn auch vernachlässigter Garten. Besorgen Sie ihn selbst? Und was für eine herrliche Aus-

sicht Sie haben, mancher gäbe viel für so eine Aussicht.
– Ja, eine schöne Aussicht, es gefällt mir hier. Trotzdem: würde ich jetzt aufgefordert, von heut auf morgen fortzugehn, es würde mir leichter fallen als damals. Eigentlich war es damals nach Kriegsende auch nicht das erste Mal. Schon vorher bin ich, wurde ich drei-, viermal übersiedelt. Ich erinnere mich genau an das Gefühl, ein unbestimmter Schmerz wie eine nicht diagnostizierte Krankheit, bei jeder bevorstehenden Übersiedlung. Und das blieb gleich, nachdem ich hier angekommen war, nur auf der Durchreise, jahrelang, in Erwartung meiner Papiere, der Weiterreise nach Amerika. Nein, wahrscheinlich fiele es mir heute noch genauso schwer wie das erste Mal.

(Alles das hätte ich einem Fremden gesagt? Ja, weil er fremd war.)

Er geht, während Anne redet, im Zimmer herum, richtet eine Vorhangfalte, daß der Riß im Stoff versteckt wird, tritt aus dem Wohnzimmer ins Schlafzimmer, betrachtet die Fotografie von Grueber, sehr jung, in Paris, nimmt Stantons Karte:
– ein fast vollständiger Tempel. Sie waren in Vassae? Und wie erwartet, ein Stich von Prag. Heimweh?
– Ich kann mich kaum mehr erinnern.
Er hebt die Bücher, die neben dem Bett auf dem Boden liegen, auf, stapelt sie, nachdem er die Titel gelesen hat, auf den Tisch, er kommt herein
– ist das Ihre Lieblingsmusik? zieht die oberste Platte auf einem der Stühle aus ihrer Hülle, legt sie auf den Plattenspieler, hantiert am Grammofon, bis es anläuft, hört, schüttelt den Kopf.

I cannot follow you my love
You cannot follow me
I am the distance you put between
All of the moments that we will be

– So etwas hören Sie sich an. Das gefällt Ihnen? Und wenn Sie arbeiten, hören Sie dabei Musik? Er stellt den Apparat leiser:
– nun, erzählen Sie ruhig weiter, und geht in die Küche, schaut sich dort um, kommt wieder
– dann müssen Sie, endlich seßhaft, doch sehr glücklich sein.
– Wirklich. Nur hie und da spiele ich, spielen wir, Gregor und ich, mit dem Gedanken fortzugehn, proben Auszug, richten uns anderswo ein wie für immer, um nach einigen Wochen oder Monaten wieder heimzukommen.
– Wo ist ihr Mann jetzt?
– Er malt nebenan. Lassen wir ihn aus dem Spiel.
– Nein. Sie können überall arbeiten?
– Es spielt keine Rolle, wo wir wohnen, zeichnen und malen kann man, könnte man überall, aber es gibt Orte, hier zum Beispiel, wo es schwierig ist zu arbeiten: Ferienorte.
Der Reporter fotografiert Anne vor dem Fenster, dunkel gegen einen Vogelbeerast halb vor dem spitzen Bergkegel im Hintergrund, unter zerblasenen Föhnwolken.
– Und Schmuck machen sie keinen mehr? Setzen Sie sich an ihren Arbeitstisch, jetzt nehmen Sie den Bleistift, ja so, als würden Sie zeichnen, zeichnen Sie doch, nein, Sie sollten so aussehn, als ob Sie arbeiten würden, bitte, er wirft in absichtlicher Unordnung Blätter auf den Tisch, eine Zeichnung sollte kenntlich ins Bild kommen.
– Jetzt so, schneiden Sie einmal kein Gesicht, nocheinmal, noch ein Mal, er nimmt Gregors Bild von der Wand, lehnt es gegen den Kasten, holt aus dem Schlafzimmer ein anderes Bild, hängt es anstelle von Gregors Bild, stellt Annes Stuhl vor diese Wand, verschiebt den Tisch, knipst,

– und nun hier, etwas ungezwungener, er knipst Anne, wie sie zwischen Gruebers Bildern lehnt.
– Ist das London?
– Paris.
– Hat das Ihr Mann gemalt?
– Nein mein Bruder, Grueber. Er lebt nicht mehr.
Jetzt steigt er auf einen Stuhl, erreicht »die gelbe Terrasse von Meudon«, hängt sie ab,
– Paris? Und das, ist das von Ihnen?
Er löst die Reißnägel, mit denen das Blatt befestigt ist, legt es über die andern auf dem Tisch, knipst.
– Sie haben doch sicherlich noch mehr. Er öffnet den mit Zeichnungen überklebten Kasten, zieht eine Zeichenmappe aus einem Fach, öffnet die Bänder, mit denen sie verschlossen ist.
– Halt, ruft Anne.
Er blättert, legt ein Blatt nach dem andern nebeneinander auf dem Boden aus, nimmt einen Schritt Abstand, betrachtet die Zeichnungen, indem er ein Auge zukneift, oder mit der Hand einen Teil eines Blattes abdeckt, mit dem Daumen etwas anpeilt, zu korrigieren versucht, dann nah herantritt, sich zu den Papieren niederbeugt, um ein Detail zu studieren,
– was bedeutet das? Das ist doch von Ihnen? Ihre Sachen haben etwas Fremdes an sich, etwas Fremdländisches, Unvertrautes, immer noch, und Sie sind nun schon jahrelang hier.
– Länger als je irgendwoanders.
– Und manchmal, ich denke gerade an ein Titelblatt von Ihnen, er sucht eine andere Mappe im Schrankfach, blättert darin
– sehen Sie: das. Er sucht: das, und auch hier: er hält ihr in jeder Hand eine Zeichnung vor
– schauen Sie: das ist doch negativ.

– Daß du dich nicht besser wehren kannst, sagt Gregor.
– Ich bin aus dem Zimmer gelaufen, wen interessiert das, sagte ich nur, aber er kam mir nach, hielt mich an der Schulter fest:

– das Publikum, das heißt die Leser unserer Zeitung, hat, haben ein Anrecht darauf, möglichst vielseitig informiert zu werden. Privates und Öffentliches schließen sich keineswegs aus: das Persönliche darf sich als etwas Öffentliches vorkommen, in der beliebtesten Art als dessen Gewissen, und das Öffentliche kann plötzlich auch, als Anliegen, etwas sehr Persönliches werden.
Der Mann nimmt den Krug aus Catanzaro vom Ofen, schaut hinein und stellt ihn auf die Zeichnungen.
– Und wenn ich kein Anliegen hätte?
– Das können Sie mir nicht weismachen.
Er geht zum Büchergestell, liest Titel, scheint etwas Bestimmtes zu suchen. Vom Regal mit den englischen Titeln macht er einen Schritt zu den Franzosen. Anne versucht, ihn von den Büchern abzubringen.
– Wenn ich kein Gewissen hätte? Oder wenn Sie und ich unter Gewissen etwas Verschiedenes verstünden?
Er greift nach einem Ordner auf ihrem Arbeitstisch, schlägt ihn auf, beginnt die Absenderadressen, Anfänge von Briefen zu lesen,
– geben Sie's her!
– Sehr geehrte gestatten mit einer Bitte in meiner Eigenschaft Publizistik wesentlicher Teil alljährl. Kartenspende beil. soeben gedruckten Serien Aufl. ca. 1 Million und nun langsam definitiv Sujets festlegen zwei Ziele im Auge selbstverständlich möglichst viele verkaufen entscheidender Einnahmeposten unseres andererseits unser zeitgemäßes Image darf ich Sie anfragen ob
– was fällt Ihnen ein!

– Sie bekommen öffentliche Aufträge.
– Ich habe vergessen, den Brief zu beantworten.
– Das können Sie ja noch tun.
– Dazu ist es längst zu spät.
– Sie nehmen also öffentliche Aufträge nicht ernst! Ha, und hier: Meine liebe
Anne gelingt es, ihm den Briefordner zu entreißen.
– Ein Liebesbrief?
– Den würden Sie nicht gelocht und eingeordnet finden. So weit bin ich noch nicht.
Er zückt seinen Apparat, knipst: Anne, wütend, die Stirn runzelnd.
– Zur Sache: Sie sind nicht zufrieden, das seh ich, nicht zufrieden hier
– doch!
– sind uns nicht gut gesinnt. Wie kämen Sie sonst dazu, zu kritisieren? Er knipst wieder.
– Sie sollten andere Bücher lesen. Geben Sie doch zu:
er zeigt auf die Bibliothek, auf die Zeichnungen auf dem Tisch und auf die Bilder, die er abgehängt und rundum an die Möbel, an die Wand, ans Stiegengeländer gelehnt hat:
– Sie leben nicht hier.

3

Die Treppe hinunterlaufen und durch die Unterführung, den gekachelten Tunnel, dem Lichtstreifen am andern Ende entgegen, zu dem eine Stiege hinaufführt, doch so, daß, eines Konstruktionsfehlers wegen, nicht genügend Raum zwischen der letzten Stufe und der Betondecke bleibt, um aufrecht passieren zu können. Also umkehren und die mittlere Treppe zum mittleren Bahnsteig hinauf.

Der Zug ist noch nicht angekommen.

Hinter den Gleisen eine leicht ansteigende Böschung aus verkrustetem hellgrauem, fast weißem Lehm mit einzelnen dichten, wie gedrechselten Arven bewachsen.

– Da spazieren sie immer, sagt einer, der wie Anne auf dem Perron wartet, und weist hinüber, zeichnet Liebespaare im Mondschein zwischen diese Bäume und dahinter in den Wald.

Wahrscheinlich ist der Zug doch bereits abgefahren, schnell wieder hinunter, durch den hallenden Gang zurück, hinauf zum Bahnhofsgebäude.

Kiosk, Billetschalter, Auskunft, Gepäckaufgabe, einen Friseursalon sucht sie, Männer, Frauen, Wartesaal.

Im Wartesaal 3. Klasse (aber den gibt's doch nicht mehr), suchen, unter den vielen Leuten, die dort rauchend an der Wand lehnen oder zwischen ihrem Flüchtlingsgepäck hinundhergehen oder, eingebaut in Koffer, Schachteln und Körbe, um den Tisch drängen, doch sie findet nicht wen sie sucht.

– Setzen Sie sich zu uns? wir haben für Sie gedeckt, wird Anne in einer schwerverständlichen Sprache von einer Fremden eingeladen, versteht die Geste und setzt sich zu dieser Frau und den beiden Buben auf einen Fiberkoffer vor den dicken weißen Suppenteller.

– Sie suchen jemand? (in Zeichensprache) schauen Sie im Nebenraum nach. Aber jetzt wollen wir zuerst einmal essen.

Bahnhöfe: Ankünfte, Anfänge, Stationen, Endstationen, Endstation, Adiö: so ein schönes sentimentales Thema:

Immer noch gibt es die Bahnhöfe von Hohenstadt, Sternberg, Schönberg und Freudenthal, deren Namen es längst nicht mehr gibt.

Mitten in der Landschaft eines üblen Traums, Bahnhof München 45, Wasser gepumpt und eimerweise in den Zug Prag–St. Margrethen geschleppt.

Zürich Wollishofen–Enge–Hauptbahnhof.

Paris Est.

Und Le Havre, Gare Maritime.

Mamaroneck Station, im Dezember. Im Innern des Gebäudes und in einem begrenzten Umkreis wird mit christmas carols eine Stimmung provoziert, die sich nicht einstellt.

Die Station 125th Street, an der Weiße sich nicht getrauen auszusteigen. Grand Central.

Ein Haus aus Papier auf einem Hügel in Punt Muragl zwischen zwei Stationen. Staziun Staz.

Anne war noch nie in dieser Gegend. Sie weiß nicht, wie es in Staz aussehen, wie es dort sein wird. Warum fährt sie gerade dorthin? Ob Staz ihr gefallen oder nicht gefallen wird, es wird auf jeden Fall in ihrem Leben eine Rolle spielen.

Immer wieder geschieht ihr das: *sie sitzt in einem Zug,*

der fährt von Osten nach Westen, sie wird von Zábřeh nach St. Margrethen gebracht. Niemand hat sie vorher gefragt, willst du oder willst du nicht, man fährt doch gern ins gelobte Land, besonders unter den herrschenden Umständen, warum sollte jemand eine Ausnahme machen, macht sie eine Ausnahme?

Oder sie findet sich auf einem Schiff wieder: wer verließe diesen Kontinent nicht gerne? Was hast du nur gegen The American Way of Life? Westchester is most beautiful, isn't it?

Oder sie sitzt in einem Zug und denkt an ihren Bestimmungsort: Balgach. Bis letzte Woche hatte sie diesen Namen noch nie gehört, man könnte gut 80 werden, ohne ihn zu kennen. Und niemand hat sie gefragt, willst du nach Balgach, willst du nicht? Sie muß dorthin.

Wie sie wenige Jahre später nach Mamaroneck muß. Ein komischer Name, Mamaroneck, indianisch. Wie wird es dort aussehen, warum ausgerechnet Mamaroneck? Ob es ihr gefallen oder nicht gefallen wird, es wird auf jeden Fall

gut, ich steige in Mamaroneck Station aus, wie ich im Bahnhof von Heerbrugg aussteige, von dem aus der Autobus nach Balgach fährt, denn Balgach hat keinen eigenen Bahnhof.

Von Mamaroneck Station zur Mamaroneck Avenue fährt kein Bus, und der Zug, mit dem ich in Heerbrugg ankomme, hat keinen Anschluß an den Autobus nach Balgach. Ich muß ziemlich weit gehen. Aus dem Ort, den Stadthäusern, bzw. Dorfhäusern, komme ich auf eine Landstraße, zuerst stehen noch vereinzelt altmodische Gebäude, eine Essostation, überdimensionierte Schuhschachteln, wie liegengelassenes, vergessenes Gepäck, ein solches Haus, aus dem spirituals tönen, nein, zwischen Heerbrugg und Balgach gibt es keine Negerkirchen, hier sind es Bauernhäuser, ein Gasthof.

So komme ich zu einem Haus mit Türmchen, dem soll ich fortan »zuhause« sagen, oder ich komme zu einem Haus in holländischem Stil, ich hatte mir holländische Häuser anders vorgestellt, auch diesem Haus soll ich jahrelang »zuhause« sagen.
In Ost und West, im Oberland, im Unterland, in Krachern und in der City, wo ließe sich nicht leben?
In Türmchen zieht es ein bißchen. Die Farbe blättert von den Holzwänden im dutch-colonial. Was macht's? Nebenan die kinderreiche Familie ist schwarzlockig, nicht allzu hellhäutig, gottlob, hier ist es noch nicht allzu fein, that's fine for me, sure, it's almost the most beautiful place, isn't it?

Immer wieder bringt der Zug Anne an den jeweils schönsten Ort. Was hat sie nur, was könnte sie dagegen haben? Warum würde sie gern vorher um ihre Einwilligung gefragt, hätte gern die Illusion der freien Wahl, wenn sie doch weiß, daß sie keine andere Wahl hat?

Waren Sie schon einmal in Staz? möchte sie jetzt jemanden fragen. Ist es schön in Staz? Ebene oder Hanglage? Wald? Wie ist das Klima dort? Föhn? Allein im Coupé, und zum Umkehren wäre es auf jeden Fall zu spät, schaut sie hinaus, neugierig, wie sich die Landschaft entwickeln wird: sind das Hügel, dort, ganz hinten, Dunst über einer Stadt, sind das dort Wolken oder Bergketten?

Und wie heißt der windige Bahnhof, bei dem sich die Linien nach Trikala, Kalampaka und nach Larissa, Katerini und Thessaloniki trennen? Wo ist eine Karte von Griechenland?

– Sprechen Sie Englisch?
Am Türrahmen des Bahnhofbuffets lehnt ein alter Bauer. Als Anne bejaht, streckt er sich, öffnet die Tür als wäre er Herr des Hauses und Herr des Landes: darf ich Sie zum Kaffee einladen?
– You know Manhattan, downtown? Dort hat er in den 30er Jahren gearbeitet. Maiden Lane, wo Anne arbeitete, in den 50ern, er weiß genau wo das ist, und die Gegend um Grand Central, Rockeyfeller Center, ja das RCA Victor Building, midtown kennt er auch. Es gibt viele griechische Restaurants in New York, er hat in verschiedenen gearbeitet, meist nur kurz, oft war er arbeitslos, das waren schlechte Zeiten, zum Verzweifeln, und keine Möglichkeit, wieder zurück nach Hause zu kommen.
Anne übersetzt Gregor, was der Alte erzählt.
– Die 54. Straße? 44 West 54th., dort hatte sie, in einem Keller, ihren letzten job.
Die Griechen an den Nachbartischen wenden sich einer nach dem andern ihnen zu, der Alte übersetzt, was sie sagt. Zwei Bäuerinnen betasten Annes Rock: hat sie den selber genäht, fragen sie und warum ist der Rock wattiert, wird es in der Schweiz so kalt?
– Im Winter ist New York scheußlich. Im Sommer auch.
– Haben die Frauen ihre Trachten selber gemacht, oder sind die Stickereien alt?
– Später hatte ich mein eigenes Restaurant, in Chicago, seemed as I was doing fairly well. Und jetzt betreibt er hier einen Hühnerhof. Wenn er gewußt hätte, daß sie gestern in Levadia waren, sie hätten dort seine Tochter besuchen können, hätten kein Hotel suchen müssen. Sein Sohn ist Richter in Athen.
Jetzt singt der Junge hinter der Theke aus einer Liturgie, die Gespräche rundum verstummen.

– Nur einen Augenblick, entschuldigt sich der Alte, er muß zu Hause Mehl holen, es wird gesegnet.
Wie bitte? Einen Moment bitte, einen Kuß, siehst du, wie es die andern tun, einen Kuß dem geschnitzten Kreuz, das ein rundlicher, rothaariger Pope mir, dir vor die Nase hält, Weihwasser in die Gesichter gespritzt:

am Geburtstag meiner Großmutter, Allerseelen, wurden wir im Bahnhof, war das Stavrós? gesegnet.

Und nun reisen wir hin und her, kreisen wir immer rundum, immer wieder die gleiche Strecke, unter sorgfältiger Vermeidung ganz bestimmter Punkte, auf die zu treffen schmerzhaft, vielleicht unerträglich wäre.
Doch ich vermute fürchte, es sind diese Punkte, die uns anziehen, uns wider Willen in den alten Spuren herumtreiben und keine neuen Wege finden lassen.

Immer wieder in einer Droschke über Kopfsteinpflaster holpern. Die beiden russischen Zivilisten auf den Plätzen vis-à-vis neigen sich zu uns vor, werden gefährlich, nein, was hast du nur, die reden doch italienisch, ducken sich wie wir vor den Blicken der Kommissare an den Straßenecken, und in ihren dunkeln Augen ist nur die Furcht, nicht mehr beizeiten von hier fortzukommen.

Take me to the station
put me on the train
I got no expectation

– no madame, die beiden Italiener hören Joan Baez nicht singen, erinnern sich an keine Droschkenfahrt mit einer Unbekannten und fünf Kindern.

– Willst du sagen, behaupten, daß der Schloßplatz mit Köpfen gepflastert ist?
– Nein. Ich glaube, das Hofpflaster des Hradschins ist aus Eiern, mit Dynamit gefüllt, an diesem 1. Dezember und 35. Geburtstag meiner Mutter. Einige Daten weiß ich.
Wir lehnen über die Steinbalustrade, einen Augenblick Touristen, nehmen einmal für immer die Stadtansicht auf.
Dann weiter, schnell, ist es nicht bereits nach dem zweiten Fenstersturz? nein, rattert die Droschke durch die Straßen der goldenen, der schönsten Stadt (man sagt, Rio sei schöner, wahrscheinlich auch Paris; oder vielleicht Whitechapel, die Bronx: warum soll ich nicht schön finden, was häßlich scheint?) weiter: verlotterte Palais Soldaten mittelalterliche Fassaden nichts wie fort *they take us to the station they put us on a train* und während wir aus dem Abteilfenster winken wird auf dem Bahnsteig unsre Mutter kleiner und kleiner

während wir hinundherreisen immer die gleiche Strecke.
Immer wieder zurück, etwas wurde dort vergessen, wir wollen das Vergessene holen, das wird wohl der Grund sein, warum wir immer wieder an die gleichen Orte aufs Gleiche zurückkommen.
Solange wir noch Zeit haben.
So leer hatte ich diese Häuser nicht in Erinnerung.
Die hohen spitzgiebligen Fassaden mit den vielen großen Fenstern ohne Scheiben bis zuoberst unters Dach. Daß sie so eng und in Winkeln zueinander beieinander stehen, auch daran konnte ich mich nicht erinnern. Leer, aber weder ausgebrannt noch Ruinen.
Wir treten durch die offenen Türen, gehen durch über-

wölbte Hallen, Stiegenhäuser hinauf hinunter, kommen nach langem in einen Saal, in dem vor wenigen Zuschauern, die wie zufällig im Raum verteilt auf Stühlen sitzen, auf einer Marionettenbühne Theater gespielt wird. Kleine Figuren aus buntlackiertem Metall bewegen sich mechanisch von links nach rechts, mit flinken Gesten der Hände und Werbeslogans für die einheimische Uhrenindustrie plappernd.

Durch Zimmer, Gänge, dann Stiegen hinunter, hinaus. Weiter. Etwas muß in einem dieser Häuser sein, das ich suche wie ein bestimmtes Haus. Welches Haus und was darin ist, das hab ich längst vergessen.

Und es gibt keine Anschriften, keine Straßennamen und Hausnummern, keine Plakate, nichts, das beim Suchen behilflich sein, niemanden, den man fragen könnte.

Es regnet. Wir hätten nicht hierher kommen sollen, hätten uns die Enttäuschung ersparen können. Immer wieder dieses Zurückschauen.

Jetzt geht's ja auch wieder aufwärts, die Sonne scheint wieder, prall auf die schönen alten Dorfhäuser hier, auf den Verkehr auf der Straße, so wie immer, so als wäre nichts anderes möglich.

– Sag es dir einmal und wieder selber, sagt Gregor: vergiß nur nicht zu schauen und genau und für immer zur Kenntnis zu nehmen aufzunehmen, was du JETZT siehst.

4

Gregors Gesicht ganz nah, wie damals:

so nah, daß sie die Augen versetzt übereinander sieht. Um sein Gesicht die Sterne, unzählige, in den Himmel gestochen, so viele hat sie noch nie gesehen, sieht man nur hier.

Dunkel neben seiner Schulter, tief unten das Wasser.

– Eine heiße, schöne

– eine gefährliche Nacht!

Am Morgen klettern sie, leicht schwindlig, von der schmalen Felsstufe, auf der sie in dem einen Schlafsack die Nacht verbracht haben, zum See hinunter,

– wie hoch ist dort die Wand? 15, 30 Meter? höher?

ziehen sich rasch aus und springen ins Wasser.

– So kalt hab ich noch nie gebadet!

Da kommt das Kursboot von Maloja, dreht langsam bei, fährt in ihre Richtung, an Bord Nonnen, schwarz, darüber leuchten die Hauben, die Nonnen schauen herüber, sehen zwei Köpfe im Wasser,

– das so eisig ist, daß ich erstarre,

das Boot fährt ganz langsam im Bogen um die Badenden herum, alle Nonnen auf ihrer Seite, scheinen sich zu wundern, daß jemand in diesem See schwimmt.

– Länger halt ich's nicht mehr aus!

Die beiden rennen nackt ans Ufer. Und als sie, bei ihren Kleidern angelangt, sich umkehren, stehen alle Passagiere auf der anderen Bordseite, bewundern das gegenüberliegende Silser Ufer und drüben die Halbinsel Chasté.

– Und jetzt?

– Wie häuslich wir geworden sind, meint Anne,

– älter, sagt Gregor.

5

Der Riß über dem Bett, der ist schon lange dort, immer dagewesen, er hat sich kurze Zeit, etwa sechs Wochen, nachdem das Haus fertig und bezogen war, gebildet und ist seither so geblieben, wie er von Anfang an war. Einmal, nein dreimal, wurde er sorgfältig mit Farbe, dickem Kalkweiß verstrichen, öffnete sich aber jedesmal wieder, kaum war die Farbe getrocknet.
Nichts Beunruhigendes, ein Haarriß. Die Fliegen überqueren ihn mühelos, ein Spinnennetz hält ihn scheinbar zusammen, ein Spinnennetz über dem Bett! Nein der Riß ist nicht direkt über, sondern neben dem Bett.
Wenn ich mir also denke, ausrechne, wie die Decke einmal, vielleicht bei besonders starkem Schneefall, das ist hier gut möglich, muß nicht fast jeden Winter ein- oder mehrere Male der Schnee von den Dächern geschaufelt werden?
– das geschieht doch sehr selten.
wie bei ungewöhnlich starkem, lautlosem Schneefall die Zimmerdecke einmal nachts herunterkommt

Anne liegt auf dem Bett, denkt
an was? An Coney Island OPEN ALL YEAR, und kommt vom einen zum andern, von Stanton zu Stratton Mountain FINE SKIING, Mount Washington, zu Frank, hi Frank! Hat sie zuunterst in Tuckerman's Raveen nach einem gefährlichen Skisturz aus dem Gebüsch gezogen.

– Wieder mal Glück gehabt! Sie erwacht aus der Ohnmacht, sieht Frank und glaubt, nun wirklich tot zu sein.
– Wo haben wir uns das letzte Mal gesehn?
– In Sihlbrugg, sind per Rad nach Luzern gefahren. Der

Vierwaldstättersee: looks exactly like a color-postcard, doesn't it? Er lernte Deutsch, um den »Untergang des Abendlandes« deutsch lesen zu können.

Sie erinnert sich an ihr Staunen beim Wiedersehen und später in

– waren Sie mal in Greenwich Village? fragt der alte Grieche.

– Fein, gehn wir dorthin, sagt Frank, gehn wir zu Milton's Sylvesterparty!

Die Wohnungstür ist offen. Plätschern nebenan, die Badezimmertür ist nur angelehnt. Ein Mädchen steigt aus dem Bad und ohne sich abzutrocknen, kommt es, I am Dickie, nimmt Frank und Anne die Mäntel ab und geht ihnen voraus, tropfend, ins Wohnzimmer. Das Zimmer, dunkel getäfert, ist mit Kerzen beleuchtet. Männer auf den verschiedenen Sofas, in tiefen Fauteuils und auf großen Seidenpolstern auf dem Boden, einige Burschen auch auf dem langhaarigen Teppich, Rücken gegen die Sofaseiten gelehnt. Dickie trägt die Mäntel in ein Zimmer nebenan, erscheint wieder.

– Langsam Zeit, dich anzuziehen, meint Milton.

– Warum? sagt einer. Niemand scheint zu bemerken, daß Dickie nackt ist. Sie serviert Cocktails und später zündet sie die Bowle an, nun angezogen, elegant. Blues. Die Männer tanzen, allein und zu zweit. Jemand ruft, bye, dear! und geht zu einer andern Party.

Hush, somebody's calling me, now
Hush, somebody's calling me: aus dem Grammophon,
It sounds like the voice of the Lord.

Inzwischen sind einige Mädchen dazugekommen.

Oh, you hipocrits, somebody's calling you
Hipocrits, somebody's calling you

It sounds like the voice of – shut up! Milton stellt das Grammophon ab.

– Ach, hier bist du! ruft eins der Mädchen und setzt sich auf Franks Knie, *Baby baby I'm so lonesome for you!*

Say where you want my mind, don't care what I do

fällt Milton ein:

When I wake up in the morning, my heart it feels like lead
When I go to bed at midnight, sometimes I wish I was dead.

Anne hat sich zuhinterst in die Kochnische zurückgezogen, schaut zu, als wäre sie im Theater, in einem ihr unverständlichen Stück.

Lord, Lord, cain't rest no place I go,

singt Milton, seine Augen leuchten, er lehnt sich im Sessel zurück, dehnt singend die Brust, wie ein jubilierender Gimpel, denkt Anne, er breitet die Arme aus, bewegt ausdrucksvoll seine großen Hände, er singt für einen Blonden, der gegenüber sitzt:

Blues is driving me crazy, must be reaping what I sow.

Dann, das Lied ist zu Ende, fällt er in sich zusammen, wird wie er vorher war, wirkt wie ein pedantischer, ältlicher Lehrer.

– Das Bild hat dir gefallen? der Blonde, zu einem Kollegen geneigt: das ist ein sehr frühes aus der Zeit bei Max Beckmann. Ja, ich war eine Zeit lang bei ihm, Brooklyn College, ja.

Um ein rundes Tischchen knieen einige, Kinn auf der Tischplatte, bewundern einen Jüngling im Trikot, der über ihnen tanzt.

Mädchen zwängen sich zwischen die Paare auf den Sofas, neue Gäste kommen, bereits betrunken, von anderen Parties, die auf Franks Schoß klammert sich um seinen Hals, und als er sie abwehren will, schreit sie:

– *say where you wants my mind, don't care what I do!*
Einer weint und weint, kann nicht mehr zu weinen aufhören, Dickie reicht ihm ihr Taschentuch.

– Wie bist du nur in diese Gesellschaft gekommen? fragt der alte Frank am nächsten Tag bei der Arbeit.
– Ich hatte keine Ahnung, daß es das gibt, sagt Anne.

Und von Frank, der auf der Heimfahrt im Taxi auch weint und lacht und weint, Gott, bin ich betrunken, wieder zum anderen, dem alten Frank, you really should, mußt unbedingt nach Coney Island, und Robert, kommt Anne vom einen zum andern, kommt sich abhanden
– Wer war Robert?

fliegt *dort*
Durch die Wolken immerfort
Wo der Wind ihn hingetragen
Ja, das weiß kein Mensch zu sagen.

– Einmal sagte jemand, das sei eine schreckliche Kindergeschichte: einfach so weggeweht zu werden!
– Durch die Wolken fliegen, sich immer höher tragen lassen, schön, meint Anne: sich immer weiter entfernen, die Häuser unten werden immer kleiner, verschwinden.

– Wer war Robert?

6

– Morning Miss! 10th.?
Robert im Regen. Und der weißhaarige Neger Robert, Liftboy in Maiden Lane 1, Ecke Broadway:
– 10th. floor, Miss Anne.
Morotti Brothers & Co. Juweliere: zwei beleibte Italiener um die Sechzig, eine Sekretärin, wie man sich alte Sekretärinnen so vorstellt, und Frank, Spezialist für Platinarbeiten mit Diamanten, Ajour nennt man das.
– Ich würde kein Silber und kein Gold mehr anrühren, das zahlt sich nicht aus, Handarbeit ist Platinarbeit, es sei denn, du arbeitest für einen Hungerlohn.
Diesen job für Minimallohn hatte Anne von einem Chauffeur übernommen, der zum Montieren, Zusammenlöten der Soldatenarmbänder angelernt worden war, zu einer Zeit, als diese noch in Mengen gebraucht wurden.
– Eine Schande! wettert einer der Brüder
– Schimpf dem Präsidenten! der andere Morotti
– den Krieg nicht anständig weiterzuführen
– McArthur zurückzubeordern!
– Wer versteht sich besser aufs Kriegführen, ein General oder die Politiker?
– Das wird uns ruinieren!
Identifikationsarmbänder, zehntausende in Silber: für Korea.
– Jetzt wollen sie Schluß machen, das darf doch nicht
– wollen uns umbringen!
Trotzdem geben die Brüder die Hoffnung nicht auf: ist es nicht dieser Krieg, wird es ein anderer sein, so ist es immer gewesen, warum sollte es jetzt anders werden, ohne Krieg können wir, kann die Welt nicht sein.

– Aber natürlich meinen sie, was sie sagen! sagt Frank zu Anne.

Die Armbänder bestehen aus einer massiven länglichen Silberplatte, auf die später Nummer, Name und Geburtsdatum graviert werden. An beide Seiten lötet Anne je ein Stück Ankerkette, dann an jedes Kettenende einen Teil des Verschlusses.
– Vorsicht beim Löten!
Die Ketten, dünner als die Platte, glühen und schmelzen viel schneller als diese,
– wer das disponiert hat, versteht nichts vom Metier, und die Feder im Verschluß erlahmt, wenn sie zu heiß wird.
– Paß auf, die Flamme ist zu scharf!
Anne zuckt zurück, noch keine Übung mit Azethylen, und die Kettenglieder verrutschen auf der Lötunterlage, sie will sie zurechtrücken mit den Fingerspitzen und verbrennt sich, wo ist die Pinzette, die Teile fallen schon wieder auseinander, das Zeug läßt sich nicht fixieren.
– Der Chauffeur hat viel besser gearbeitet, ein Morotti schaut ihr über die Schulter:
– doppelt soviel in der gleichen Zeit.
Ein Armband = ein Soldat. Vielleicht ist er tot.
Die Kette rutscht von der Platte, Anne muß das Lotstückchen suchen.
So weiß man wenigstens wer er war und wieviel Zeit er gehabt hatte. Es gelingt ihr endlich, das Lotstück mit dem Boraxpinsel aus einer Ritze in der Kohle zu ziehen und an der Lötstelle festzukleben.
Franks Freund ist in Frankreich gefallen.
– Lange her, im ersten Weltkrieg, aber mir ist's wie heute, sagt Frank. Anne wird niemandem vom Krieg erzählen.
– Könnten Sie mir zeigen, wie man das Gas reguliert?

Er reicht die gerichtete Lötpistole mit einer kleinen weichen Flamme von seinem Platz herüber zu ihrem.
Morottis und Miss Alice wissen nicht, was Krieg ist. Und auch der Chauffeur, Annes Vorgänger, wußte es wahrscheinlich nicht.

Das Dutzend fertige Armbänder wird in einem Schöpflöffel voll kochender Säure abgebeizt, der Dampf beizt auch die Augen und Bronchien, setzt sich als beißender Gestank in der Werkstatt fest. Frank hat sich daran gewöhnt, wie an das Surren des Poliermotors. Alle vierzehn Tage kommt eine kleine Frau, wechselt ihren Straßenmantel gegen einen hochgeschlossenen schwarzen Arbeitsmantel, bindet sich ein schwarzes Tuch über die Haare, tief in die Stirn, zieht schwarze Lederhandschuhe an und setzt sich mit der Schachtel voller Armbänder, Annes Leistung von vierzehn Tagen, vor den Motor, beginnt zu polieren. Die rotierenden Bürsten und Filzscheiben schleudern Partikel Metall mit Polierpaste gegen die Poliererin, färben sie, ihr Gesicht, schwarz bis in die Nasenlöcher.
Anne sieht Kinderschuhe unter dem Sitz der Frau hängen, Beine, die den Boden nicht erreichen.

– Bye bye, Miss Anne, Robert öffnet die Lifttür, es regnet: you should take my umbrella.
– Thank you, Robert, I'm afraid, ich verliere Regenschirme.

– 10th. floor, Miss Anne, hier wären wir wieder!

– Reims, schön. Paris, schön. Fontainebleau, Versailles, ich sag ja nichts gegen Schlösser, sagt Frank, mir gefallen sie sogar besser als die Kathedralen, und sowas sieht man hier nicht, das heißt: warst du schon in the Cloisters? Schön, aber nicht so schön wie Coney Island.

– Und Chartres? Waren Sie auch in Chartres?

– Ja, sehr schön, aber nichts im Vergleich mit Coney Island. Neben ihr feilt Frank redend Facetten, eine winzige glitzernde Fläche neben die andere. Vor Anne bewegen sich glitzernd Punkte auf Grau in einer quadratischen Lücke zwischen Gebäudewänden. Jetzt erscheint links eine Bugspitze, schiebt sich aus der Betonfläche in das Stück Wasser

– du solltest arbeiten!

(Für Cartier würde ich gerne, oder auch nicht)

schiebt sich Bullauge um Bullauge vor

– Frankreich ist überhaupt sehr schön, jedenfalls die Gegenden, die ich kenne.

– Können Sie Französisch?

– Nein, nur Englisch.

(Da könnte er dort kaum)

Ein Schornstein schiebt sich vor; (das ist ein sehr großes Schiff: wenn es drei Kamine hat, ist das vielleicht die)

– du darfst nicht so oft zum Fenster hinausschauen. Ja, die Aussicht ist ganz schön, aber Coney Island, wenn du Coney Island siehst, das ist das Schönste.

(Hinter Manhattan, hinter Williamsburgbridge, hinter Brooklyn, hinter)

– eigentlich schade, daß in Europa so oft Krieg ist: so wird euch nach und nach alles Schöne ruiniert.

(Es ist doch Einiges übrig geblieben.)

– Wir haben ja versucht, was als schön gilt zu verschonen, und die Schlösser und die Kathedralen gelten als schön. Früher konnte ich nie verstehen, was an alten, zerbröckelnden

(das könnte, es ist jetzt 10 Uhr 45, laut Fahrplan in der

New York Times sollte sie um 11 Uhr einlaufen, das könnte die Liberté sein)
– so Besonderes sein soll, bis ich dann dort war, aber sie sind wirklich
zwei Schornsteine (oder ist der vorderste inzwischen schon hinter 37, Broadway verschwunden? Arbeiten: 75 Löcher à jour sägen dann feilen = 75 x 4 Facetten = 300 winzige Facetten exakt sägen und feilen)
– und überhaupt ist das meiste, das als schön gilt, wirklich schön
(so daß mit 4 Facetten aus einem kleinen kreisrunden Loch ein Quadrat wird, 75 Quadrate rechtwinklig aneinanderstoßen, ein Karomuster ergeben, 7 Reihen Bullaugen übereinander, das muß die Liberté sein.)
Täglich auf der Fahrt zur Arbeit hält Anne eine Zeitung als Paravent vor sich, memoriert täglich in neuer Variation die Ein- und Auslaufzeiten der Überseedampfer.
– Du solltest viel schneller arbeiten, und überhaupt, wenn du so weitermachst
jetzt ist dem Dampfer nur noch ein Schornstein geblieben.
– ich kann aber trotzdem nicht verstehen, warum man soviel Tamtam um die Kathedralen macht, aber von Coney Island
und über das Deck der Liberté, das muß die Liberté sein, fährt in Gegenrichtung ein kleines schwarzes Lotsenboot. (So eins hat mich hier hereingelotst, so eins soll mich wieder hinausziehen.)
– Schau doch nicht immerfort zum Fenster hinaus!
Jetzt ist Frank mit seinem Stück schon fertig, legt es in eine Schachtel zu anderen, nimmt eine neue Platte Platin, punktiert sie mit Maßstab und Zirkel, nimmt den Hängebohrer
– dabei ist Coney Island das Schönste, was du dir vorstellen kannst, phantastisch, und du warst immer noch nicht dort!

(Ich bin ja kaum erst angekommen und für immer gekommen, ich hab also genügend Zeit. Will aber nicht. Ich werde die Liberté nehmen, nicht hier bleiben, werd einfach)
– und wenn du so weitermachst, werden sie dich über kurz oder lang hinauswerfen, du wirst nicht so leicht eine andere Stelle finden.
(Sobald ich genug beieinander habe für die Überfahrt, werd ich)
– du mußt aber unbedingt genügend Geld mitnehmen für Coney Island
(werd ich die Liberté nehmen. Aber vorher will ich mir doch Coney Island noch ansehen.)

Es tropft von Budendächern, das ganze Tingeltangel glänzt im Geriesel. Bunte Neonschlangen von Tanzsaal-, Theater-, Märchenfassaden winden sich, zucken in den Pfützen auf dem Boden zwischen den Beinen der Besucher, werden zertreten, in Stücke zerrissen, fahren zusammen, ständig erneuert, lebendig, schnappen nach nassen Füßen.
Hier steht Adam und Evas Paradies! Die tausendste Reproduktion einer längst versunkenen Erinnerung. Ach was.
– Hier wird solchen, die ihre Vergangenheit verdaut haben, die Zukunft aufgezeigt!
– Hier, nebenan, hinter dem schwarzen Vorhang: Zuflucht vor Kälte und Nässe beim Tod & allen bösen Geistern & Grauen!
– Du bist naß, ist dir kalt?
Wir essen hot dogs, stehen einsam zwischen verlassenen Tischchen in einem infrarotbestrahlten Lokal.
– Trink ein Glas Wein, oder drei oder vier!

– Aber hier gibt es, glaub ich, nur Bier.
Dann tanzt dein Kopf, und die Fassaden, die Buden lösen sich auf, zittern zur Musik, zum Tamtam, das die Beine bewegt, den Körper bewegt, deine Stimme, deine Sinne
und das Ringelspiel dreht dich mit, fort, fort, hoch oben wirbelnd, flach liegst du in der Luft, in den Farben, Wasserfarben, Wasser, in
wie der Himmel drückt, kreisend dreht es abwärts, langsamer, aus den leuchtenden Farben hinunter und hinein in die dunklen Gassen und steht, schließlich, still.

Und dann schießt Adam, dein Adam schießt auf Puppen, die ihn angrinsen, eine Wand gleicher Puppen, die ihn grinsend verführen, nicht im Traum, nicht zum Spaß, nein wirklich stützt er die Ellbogen auf,
– du kannst doch unmöglich!
zielt: lacht. Stützt die Ellbogen auf, zielt, die Augen zu einem Schlitz gekniffen, zielt präzis: eine Puppe. Lacht.
– Da hast du eine Puppe. Paß auf, der Regen macht sie naß, wie dich. Eine Puppe mit goldenen Löckchen, blutrotem Mäulchen, mit langen Wimpern, die klappen auf und klappen zu, paß auf, daß sie nicht naß wird.
– Was soll ich mit der Puppe?

– Trag dich durch einen Himmel, der ganz grün ist. Mein grüner Adam, grüne Puppe. Stoß, schwing das Schiff, schwing, schaukle dich in einen Himmel, der ganz rot ist, lach nicht, lach nicht so, rote Puppe! Lange Wimpern klappen auf, nicht mehr zu, rote Augen starren in den Himmel, den dein Rock dir verdeckt, schwing dich, schaukle hoch in den Himmel, der jetzt gelb ist, hoch in den Himmel, der versteckt, der jetzt grün, jetzt rot, jetzt gelb ist. Lange Wimpern klappern, klappen zu.

Fröstelnd weiter durch die Straßen aus verflackerndem Vergnügen, Hammondorgelstraßen, vereinzelt Freudenstöße aus Trompeten, durch Budengassen, die quer über die Insel zielen, die dich ans Meer ziehen, wo sie spiegelnd, farbig glänzend weiterführen, dich ins Meer ziehen.
Zwischen zwei leuchtenden Städten, zwischen zwei Regenschauern, gehen sie umschlungen den Strand entlang.
Dann wieder Regen, rinnt in die Augen, links und rechts entlang der Nase in den Mund, in den Kragen, den Hals entlang, den Schlüsselbeinen nach, tröpfelt kalt, naß, auf die Brust.
Und zerschlägt den bunten Spiegel, versenkt die Splitter im Meer.

Der Regen wäscht deine Puppe, die liegt erschossen am Rand der Straße, die nach Hause führt, schräg auf dem Trottoir, Eva von Coney Island mit gelben Löckchen, blutrotem Mäulchen, Wimpern aufgeklappt und verführt wen?

7

– Mit 35 Dollar Wochenlohn wirst du nie von hier fortkommen, sagt Frank, der Jüngere.
– Die Arbeit ist interessanter als bei Morottis, und mehr könnten Toni und Irene mir nicht zahlen, sie müßten mich entlassen, wie den Chinesen, meinen Vorgänger, als er Lohnerhöhung verlangte.
– Du wirst dir in dem Keller die Gesundheit verderben.
Die Hälfte ihres zwanzigsten Jahres, ihr einundzwanzigstes, und wer weiß wie lange noch: 44 West 54th Street, Neonbeleuchtung, im Rücken ein braungrauer Innenhof mit Mülltonnen, und als Aussicht ein brauner Vorhang, der die Werkstatt vom Laden trennt, der Bucklige ihr gegenüber an der Werkbank oder neben ihr am Poliermotor, und seine meist schlechtgelaunte Frau, die immer wieder aus dem Laden herein kontrollieren kommt. Von 9 a. m. bis 5 p. m., die Musik von WQXR als Begleitung.
– My American Way of Life.
– Du hättest andere Möglichkeiten.
– Welche?
Am Morgen steht sie vor der verschlossenen Tür, 10 Minuten, eine halbe Stunde. Toni kommt gelaufen, mit schlechtem Gewissen, besonders im Winter, wenn er sie schlotternd warten sieht, schließt auf, sie gehen die Treppe hinunter, es ist dunkel bis er den Schalter findet, er legt seine Arbeit bereit, rohe Schmuckstücke griffbereit neben den Motor, Anne fängt zu sägen, zu feilen an, er steigt wieder hinauf auf die Straße. An die Tür gelehnt wartet er, wenn es nicht zu kalt ist, daß jemand gegenüber oder nebenan aus einem der Brown-

stonehäuser tritt oder zum Fenster herausschaut, oder der Hotelportier von schräg vis-à-vis ein Gespräch anfängt. Obschon in New York geboren, ist Toni Napolitaner. Er sieht Irene aus der 5th Avenue um die Ecke kommen und ist bei ihrem Eintritt, der meist auch ein Auftritt ist, bei der Arbeit.

– Ob du's glaubst oder nicht, mir gefällt es hier nicht schlecht.

Hinter dem Vorhang reden die Kunden, unsichtbar aber gut verständlich: Wiener Englisch, Prager und Berliner Englisch, Anne erkennt alle Tonarten von Deutsch, die sie unterscheiden kann, auch einen Schweizer hört sie ein- oder zweimal. Wenn die Kunden nur reden, nichts kaufen, verflucht die aus den Südstaaten stammende Irene Emigranten und Juden, doch kein Tag ist vergangen, da redet sie, wenn's sein muß, fließend jiddisch, feilscht um einige Edelsteine mit einem Händler, dem Englisch Mühe macht. Er scheint gerade erst dem Alten Testament entstiegen.

– So schöne Opale hab ich noch nie gesehen, sagt Anne, und der Mann im Kaftan nickt ihr lächelnd zu.

– Shut up! Sie hat Irene den Handel verdorben.

Tonis Art sich zu bewegen, sein Ausdruck: wenn vom Körper nichts zu sehen wäre, könnte Anne doch erkennen, daß er bucklig ist.

– Wer sind die zwei netten Jungen, die nun schon zum dritten Mal vergeblich versuchen, ihre Keramik zu verkaufen?

– You better don't like this couple too much, meint Toni.

GI's, die sich nach dem Krieg in die Einsamkeit von Maine zurückgezogen haben und von den Erträgen ihrer Töpferei und einer kleinen Farm leben.

Ein anderes Paar kommt mit handgearbeiteten Lederwaren zweimal jährlich aus Vermont.
– Disgusted with modern life, lots of them, sagt Toni. Rousseau scheint hier viele Jünger zu haben.

Jeden Monat dieselbe Zeremonie: die fällige Ladenmiete: kein Geld. Als letzte Mahnung erscheint der Hausbesitzer, ein alter Japaner. Manchmal überreicht er Irene mit einer Verbeugung einen Blumenstrauß, seine Frau lasse grüßen, leider brauche sie dringend Geld, Irene leert die Ladenkasse, Toni und Anne ihre Portemonnaies, und der Alte geht, dankend, mit dem, was er bekommt, rechnet den fehlenden Betrag zum nächsten Monat. Wird die Schuld zu groß, mahnt, energischer, seine Frau, eine Deutsche.

Irene ist stolz auf ihre amerikanische Abstammung. Wieviele Generationen?
– Ich wette, ihre Eltern sind in Polen geboren, lacht Ossip, warum sagt sie's nicht?
– Dein Atem stinkt nach Tabak, rauchende Frauen küsse ich nicht, der grauhaarige Russe schiebt Irene, die ihn nicht in die Werkstatt lassen will, beiseite:
– nein, auch Südstaatlerinnen küß ich nicht! Er setzt sich auf den Arbeitstisch und berichtet laut, aufgeregt, von Negerdiskriminierung im Süden, er hat dort gelebt, von Mißhandlungen.
Irene streitet ab, was zehn Jahre später in den Zeitungen stehen wird, glaub ihm nicht:
– he is crazy, he is a communist! You better watch out, schreit sie ihm nach, als er mit seinen schönen, nicht verkauften Vasen den Laden verläßt, and don't show up again!
– Aber er wird wiederkommen, sagt Anne, Ossip ist ein alter Freund von mir.

Sonntags fährt sie mit ihm nach Long Island, er erzählt ihr im Zug, wie er als Theatermaler mit Diaghilev nach Paris und später, im Krieg, über Afrika nach New York gekommen ist. Sie hat es schon mehrmals gehört und kennt doch längst nicht alle seine Stationen.

– Bist du einmal in Irenes Wohnung gewesen? fragt er.

– Ja. Ein trauriges Loch, daneben ist die Werkstatt noch angenehm. Und sie haben kein Auto, auch kein Geld, um mit der Bahn übers Wochenende fort, je aus New York hinauszukommen.

– So und viel schlechter geht es den meisten, schau dir Harlem, die Bronx, große Teile von Brooklyn an.

– You better watch out! Eine Frau, die im gleichen Abteil sitzt, neigt sich zu Anne, flüstert: dieser Verrückte ist ein Kommunist.

– Er ist nicht verrückt, und ich weiß, er lügt nicht, sagt Anne: he is an old friend of my family.

– Ja, erinnert Ossip sich: einmal sind wir zwischen den Chimären auf der Notre Dame gesessen.

– Wenn er nicht verrückt wäre, beharrt die Frau, jetzt laut: wär er längst eingesperrt.

– Und wir sind mit Grueber durch Paris gegangen, Quartier des Halles, Marais: dort war ich noch ärmer als jetzt, aber nicht so hoffnungslos. Ich fürchte, ich komme von hier nie mehr weg.

– Ich fürchte, ich auch nicht.

Tonis Liebenswürdigkeit. Er redet wenig während der Arbeit, aber wann immer Anne aufschaut, lächelt er sie freundlich an. Sie sieht wie er lacht, seine besondere, ein wenig schmerzliche Art zu lachen, er sieht ihre Art zu lachen: ein Buckliger beobachtet das Verhalten des andern Buckligen: wir lachen gleich. Die gleiche Art sich zu bewegen, auch dann, wenn vom Gebrechen nichts,

oder wenig, zu sehen ist. Tonis Nachgiebigkeit: Resignation.
(Sag deiner Frau, daß du nicht polieren willst, daß du zu gut für diese Arbeit bist, so gut wie sie! Nein, lieber ein paar Stunden lang, einige Tage Dreck im Gesicht. Gehst du, Anne, etwa von hier fort? Du hättest bessere Möglichkeiten. Nein.)
Toni reicht ihr die Lohntüte mit seinem fragenden Lächeln: ob sie zu diesen Bedingungen weiter bleibt? Ob sie mehr verlangt?
Nein sie fragt nicht um mehr und sie geht nicht, lieber sagt sie:
– es gefällt mir hier nicht schlecht.

8

Was sich ihr entzieht, immer wieder aus der Erinnerung verschwindet, gerade war es noch da:

Die Sonne über dem Long Island Sound oder über einem andern Wasser, über andern Buchten, Sandstränden, hinter denen kurzgeschorener Rasen ansteigt zu überdimensionierten Villen zwischen Parkbäumen und gepflegtem Gebüsch.

War es das oder etwas ganz anderes, ein andrer Ort, den Anne weniger gut kennt, den sie vielleicht heut nacht zum ersten Mal gesehen und darum jetzt kaum mehr erinnern, nur noch mit Ähnlichem ersetzen kann?

Ähnlich einem Tag für Segelregatten, übervölkerte Badestrände. Und zwischen einer Besitzung und der nächsten eine Landzunge, ein Fischer auf den Felsen, in der Bucht dahinter ein Bootshaus, ein Landesteg, zwei abgetakelte Segelboote, die Köpfe einzelner Schwimmer auf dem Wasser, ein Nackter, der über den Holzsteg läuft, einer, der auf dem schmalen Privatstrand liegt, keep out, segle vorbei, dahinter wieder eine Rasenfläche vor einer leuchtenden Villa, keep off, eine kleine Halbinsel, die diese Bucht von der nächsten trennt, in der vor einem Clubgebäude, keep out, Badende laufen, sich sonnen, lärmen, Segelboote, ein Katamoran, auf Steinen Fischer, dann der Hafen, ausfahrende, sorgfältig im flachen Wasser vor dem Wind kreuzende Jollen und Yachten, viele Leute auf dem Strand.

So ein Tag, so eine Gegend, dieser Hafen bei Ebbe. Dann sind die Felsen nicht ganz vom Wasser bedeckt, an manchen Stellen kann man von einem Stein zum andern springen oder im seichten Wasser waten, zwischen den vertauten Booten durch bis weit ins Hafenbecken.

Nahe dem Ufer schöne mittelgroße Fische, hier einer, dort zwei, und vom Pier aus, auf den wir gelaufen sind, sieht man: weit draußen bewegt etwas das Wasser. Um dem näher zu kommen, es besser erkennen zu können, springen wir vom Pier auf einen Stein, von dort immer weiter hinaus. Hier schwimmen riesige Fische, wie ich noch keine gesehen habe. Wahrscheinlich sind das gar keine Fische, sondern Seelöwen, Robben, nein, auch Seehunde sind es nicht, was sich da in Schwärmen zwischen den Steinen preßt, so dicht, daß es sich gegenseitig hochdrückt, einen Rücken, manchmal, kurz, auch ein ganzes Tier aus dem Wasser hebt.
Was suchen die drei am Strand drüben, gebückt, Hosenbeine und Ärmel aufgekrempelt? während wir diese Tiere beobachten, die knapp unter der Oberfläche dunkel Körper an Körper von uns wegschwimmen, eins taucht tiefer, eins taucht auf, ein Rücken glänzt, ein glattes, kurzhaariges Fell, über dem Wasser, schlüpft sofort wieder unter die andern, die sich über ihm zu einem Schwarm zusammenschließen, zwischen den Steinen, neben, vor unsern Füßen, dann weiter weg, tiefer, von den Lichtern auf den Wellen zerschnitten, kaum mehr kenntlich, bald verschwunden.

Austernsucher hier und im Mare Piccolo, Fischmarkt in Taranto, in Paestum eine altphilologische Liebesgeschichte, und eine Depression als Folge von Gelbsucht vielleicht infolge der Austern in einem Monat ohne R, jedenfalls zur falschen Zeit heißhungrig gegessen.
– Sag deinem Freund Ossip, der mit von der Partie ist, daß du Pelzmäntel, und besonders solche aus dem Pelz dieser Tiere, nicht liebst. Oder, richtiger, daß du das, was sie aus dir machen, wenn du sie trägst, nicht magst, wenn dir auch ein weiches, warmes Fell noch so lieb wäre, sagt Gregor, und

– sag Ossip auch, er solle sich nicht so wichtig nehmen, und lach ihm ins Gesicht, wenn er so tut, als wär er dein Meister.
Wenn er in der etwas dunklen, dunstigen Küche zusieht, wie ich koche. Was macht es mir aus, wenn er mir über die Schulter schaut, während es mir sonst so unangenehm ist, bei was immer es sei, beobachtet zu werden, was macht es mir jetzt aus, daß er, nun plötzlich ein Anderer, Jüngerer, der bärtige Kaiser von Mesopotamien die Deckel der Kasserollen aufhebt, der Dampf brennt in den Augen, und das Gekochte inspiziert? Nichts, das Essen riecht gut, er ist zufrieden, und außerdem ist er nicht mein Meister.
– Sag ihm, daß ich weiß, was er hinter dem Bart, hinter dem Kaiser versteckt, sage ich Ossips, des neuen Ossips Frau, und frage, ob sie beide einmal zum Essen kämen, am besten gleich jetzt, weil ich gerade etwas Gutes gemacht habe und weil ich nicht gern warte. Sie antwortet, sie könne nicht kommen, sie habe selbst für eine große Gesellschaft, zu der sie gehören, gekocht. Durch die halboffene Tür sieht man, wie sie im Eßzimmer serviert.

An A. gedacht bis O. Und Capaul, der wieder vorbeifährt, seinen Karabiner hinten im Wagen.
– Warum haben wir ihn nicht aufhalten abhalten können? fragt Gregor.
– Warum hätten wir ihn und die Andern denn abhalten müssen? Alle, alle Jahre wieder? sagt Ossip.
– Ich kenn ein Kind, das will nach dem Tod ein braunes Pferd werden, was wirst du?
– Das weiß ich nicht, aber *alle* meine Freundinnen nehmen sich früher oder später das Leben, und ich wüßte gern, was dann aus ihnen wird, vielleicht Fische, sagt Ossip, mein Freund aus der Schulzeit. Führt auch er mich wieder auf die Spur der Selbstmörder, denen ich

immer auf der Spur bin, wenn ich mich ihnen entziehe? Ein Fisch unter Fischen.

Nun redet Ossip gestikulierend, sich und den anderen heftig widersprechend. Er geht in der Küche auf und ab.

Er wird immer üppiger, alles beherrschend.

Wie gewöhnlich verdeckt er mit fürstlichem Auftreten seine kleine tätowierte Nummer, die ich nicht mehr auswendig weiß, und von der die Andern nichts ahnen. Sie hören seinem Amerikanisch zu, meinen er rede russisch, und müssen sich so von dem, was er sagt, nicht betroffen fühlen.

– Es wäre Zeit zum Essen: gehen wir hinaus in die Veranda. Von hier sieht man aufs Wasser, darauf Schiffe, eine Reihe baumloser Inseln mit einzelnen grauen Holzhäusern und einem Leuchtturm, Long Island als Horizont. Meist essen wir hier, obwohl man über dieser Aussicht zu essen vergißt, die Distanz zu den Inseln abschätzt: ob ich bis zum Leuchtturm schwimmen könnte, nein, bis dorthin ist es zu weit, die verlassenen Häuser, für mich unerreichbar.

– Deck den Tisch. Ich nehme drinnen im Eßzimmer große Teller aus dem Kasten, es sind die rot-grünbemalten meiner Schwiegermutter.

– Strindberg'sche Familienverhältnisse, sagt Ossip vergnügt, da rutschen mir die untersten Teller aus den Fingern, zerbrechen auf dem Boden. Ein schadenfroher Gast. Mit Mühe gelingt es mir, Kartoffelpüree auf eine ovale Platte anzurichten, ich trage es zum Tisch, wo mir Ossip den vollen Teller abnimmt und vor sich hinstellt.

– So, das alles ist meine Portion!

Ich verteile Spinat auf unsere Teller und will vom Püree dazugeben.

– Spinat und Kartoffelpüree, etwas Besseres ist dir

nicht eingefallen? Was war denn vorhin in den Töpfen?
Beim Austeilen merk ich, daß ich nicht genug gekocht habe, aber warum denn? es hätte doch etwas Besonderes geben sollen? merke, daß es nur zu winzigen Portionen reicht, von diesem Essen, auf das niemand Appetit hat. Die Anwesenden werden unruhig, ärgerlich wie ich, und jetzt, ich will Ossip, der ganz wenig auf seinem Teller hat, nachservieren, bleibt nichts mehr übrig.

9

– Träumst du wieder? Gregor geht hinter Anne, die am Fenster steht, durchs Zimmer, er hätte das sagen können.
– Schaust zum Fenster hinaus und was siehst du?
– Eine Baumaschine. Schnee, vom Wind getrieben. Einen Krankenhausgarten mit Blumenbeeten. Eine Liegehalle, Kinder in Decken gewickelt. An Zaunpfosten gebundene Militärpferde, im Schnee. Und einen Badestrand, Leute in Liegestühlen und auf Badetüchern, einer dicht neben dem andern im Sand. Was Leonard Cohen gerade singt *wearing rags and feathers/from Salvation Army counters*, und was mir vorgestern jemand erzählt hat.
– Könntest du sehen, was wirklich zu sehen ist?
– Gleichzeitig, oder wenn du willst nebenher: die gleichmäßig aus der Dachrinne fallenden Wassertropfen. Den Arbeiter im gelben Regenschutz, der unten durch den Garten geht, den Heurechen auf dem Flachdach nebenan, die belaubten Zweige, die sich langsam vor dem grauen Himmel bewegen, Holunder-, Vogelbeer- und Weidenblätter: Rousseaumotiv mit einer schwarzen Katze, die auf Vögel lauert und
unzählige Wahrnehmungen, zu viele, um sie alle aufzuzählen, zu viele Einzelheiten, um sich daraus ein Bild zu machen.
Anne kehrt sich um:
– Und ich sehe dich, und hinter, neben dir Germains Katzenportrait.

Sie kennt einen Maler, Anne und Gregor kennen in Paris einen Maler, der malt ganz anders als andere.

– Hoffentlich nicht wie
– ich meine, er malt unter anderen, ungewöhnlichen Umständen
– ich weiß
– ja du weißt, wen ich meine
– ich weiß, weiter, kommen wir zu dem Umständen, wo: ein Laden, Kramladen
– marchand de couleurs
– Krimskrams
– quincaillerie, wie
– wie ein Fuchsbau
– ja so riechts, stinkts und so sieht es aus: Kübel, Kannen, Kanister Kannen Kannen Kanister Schachteln Dosen Dosen Gläser und Gläser und große Schachteln größere größte Schachteln und kleine kleinste Gläser in allen Formen eckig und rund und vier- und sechseckig achteckig und rund und alle Farben nebeneinander über- und aufeinander hintereinander alle Farben alle Formen Schachteln und Gläser gestapelt Beigen balanciert Wände aus Dosen Schachtelwände in allen Farben
– und zwischen diesen Wänden nur schmale Durchgänge freigelassen
– enge Gassen, auch diese wieder verstellt durch etwas, das zu viel, das sonst nirgends mehr Platz hat, mit dem man nicht weiß wohin, was machen.
– Von der Decke hängen Bürsten, Besen, Federwische, Wäscheeimer, Wischer, Flaumer, Pinsel
– und anderes, Unbekanntes hängt bedrohend, bedrängend, manchmal die Gänge unten respektierend, manchmal nicht. Licht, das durch die Schaufenster einfallen sollte
– Licht? gibts nicht, fast nicht, wird ausgesperrt von Wänden von Waren, die in den Fenstern, davor, auch dahinter auf- ausgestellt sind, um die vorbeigehenden Spaziergänger, Flanierer, zu verführen, zum Eintreten,

zum Kaufen verführen von Sachen, von Farben vielleicht, die sie gar nicht
– warum nicht?
– die sie vielleicht brauchen, vielleicht nicht brauchen
– warum sollten sie keine Farben brauchen?
– Farben? Weiter: das Licht, die schmalen Lichtstreifen, Strahlenstreifen, die trotzdem in den Laden dringen, beleuchten drinnen, belichten Flecken, fleckig Namen von Waschmitteln, lassen ein Stück rotes Email, Buchstaben, D D D D D D rot, dünne Streifen auf runden Dosen leuchten, beleuchten Glas, Plastikkübel, Firnisbüchsen im Vordergrund
– nur was im Vordergrund steht. Dahinter ist es düster, fast dunkel.
– Wer wird sich, wer kann sich da auskennen, sich zurechtfinden? finden was er sucht?
– Vielleicht haben treue Kunden im Laufe vieler Jahre
– ja, vielleicht gelingt es ihnen, vorzudringen zu dem, was sie suchen, das, was sie kaufen möchten, auf Anhieb zu finden.
– Ich wäre verloren. Ein paar Schritte von der Tür gleich blind nach dem grellen Licht draußen,
– betäubt vom beißenden Gestank chemischer Putzmittel, Terpentin
– nein, Terpentin riech ich gern, wie auch Ölfarben, nur nicht Petroleum, Benzin
– vom undefinierbaren Geruch benommen, kommen wir zu
– benommen betäubt verloren
– kommen wir bald zum Maler wo bleibt der Maler?
– Nein, zuerst kommt man zu Madame. Hier, dans la boite, in der Mitte des Ladens thront Madame:
– Germain! Des clients!
– Katzenaugen über breiten hohen Backenknochen, kleine runde Katze.

– Germain!
– Nein keinen Namen!
– Wie denn, wie, ohne Namen?
– Nenn ihn wie du willst, irgendwie: Paul Pierre Antoine Albert Gerard spielt keine Rolle
– oder Roi des Chats, Empereur! Nenn ihn so wie er sich nennt.
– Vielleicht sollte man ihn um Erlaubnis fragen, dann könnt ich, dürft ich ihn Germain l'Empereur nennen.
– Des clients!
– Wir bedeuten also Kunden. Von Farben vielleicht, die
– bonjour monsieurdame, ah çest vous, bonjour!
– Meine Reverenz dem Kaiser der Katzen!
– EMPEREUR DES CHATS, oui, ç'est moi.
– Reverenz, ich verbeuge mich, er verbeugt sich, du nickst, verbeugst dich
– venez!
– Er geht gebeugt zwischen Kartonschachteln, zwischen Schachtelwänden, unter hängenden Pinseln gebückt, uns voran ins Dunkle.
– Von Staubwedeln zerkämmt wie von
– im Dunkeln tappen mißtrauisch vorsichtig vortasten
– wie von Gespenstern gestreichelt
– tief innen hinter lockeren Wänden
– die wanken
– siehst du, dort, ein Licht, dorthin führt uns der Katzenkaiser.
– Katzen Katzen
– rundherum nur Katzentiere festgenagelt angezweckt vor die Regale und auf den Boden gelegt.
– Von unten vorn links rechts und hinten bedrängen bedrohen Augen spitze Zähne lange scharfe in offenen Mäulern von Tigern Löwen Leoparden Pumas, Madame? Luchsen Wildkatzen, ja Madame, Hauskatzen mit glänzendglattem Fell

– und solche mit gesträubtem wildem aufstehendem und
– orientalisch ornamentierte Katzen blaugrüne lilagelbrot und grünlilagestreift gescheckt Katzen mit dunklen Punkten, Katzenaugen
– oder leuchten Madames Augen aus dem Halbdunkel in dem die Lampe nur eine kleine Höhle belichtet in der unsre Schatten tanzen auf Katzenbildern
– leuchten Katzen bunte frohe traurige gute schlimme böse Katzen aus Zypern und siamesische abessinische kaukasische und aus China Katzen heilige nepalesische Tempelkatzen und aus der Mandschurei jaulend miaulend
– nein, das doch nicht
– hinaus da
– aus diesem Haus
– Katzenfalle, raus aus der quincaillerie!
– Mais vous ne partez donc pas? Mais restez, s'il vous plaît regardez, il y en a de plus, regardez!
– Und tatsächlich hat er noch mehr Stapel weißer Bogen Papier Katzenportraits
– mir langt's, und dir?
– Regardez:
– wir knieen auf dem Boden, legen Katzenbilder aus wie große Patiencen, während er
– Germain, des clients!
– der Kaiser fortläuft, immer wieder aus unserem Randgebiet vor zur Ladentür, Kunden bedient
– Sie wünschen?
– zurückkommt,
– sehen Sie, und hier und hier diese und hier noch die allerletzten Vögel, auch die leuchten, aber es sind nicht mehr viele, sie sind fortgeflogen, die meisten, oder gefressen worden, von den Katzen, die Katzen sind eben stärker. Sehen Sie, bald werden keine Vögel mehr übrig

sein. Sie müssen sie alle heute noch ansehen, das nächste Mal wenn Sie
– wenn wir kommen, werden wir wiederkommen?
– gibt es wohl keine mehr. Und hier, die Blumen
– alte zerknitterte Blumen und Bäume.
– Und die noch älteren Musikstücke.
– Wer hat, ja wer, sonst noch Musik gemalt?
– Sonst noch? Das sind alle. Des chats maintenant je suis l'Empereur des Chats.
– Germain!
– Dort läuft er wieder, immer wieder, und wir werden immer wieder gebeten, nicht fortzugehen, zum Abendessen zu bleiben.
– Da, schauen Sie diese
– es wird auch draußen dunkler. Und es kommen mehr Kunden
– Germain!
– Er kommt nicht mehr, ist mit mehreren Leuten gleichzeitig mit Farben mit Pinseln beschäftigt. Bis es Nacht ist. Weniger Kunden kommen. Bis niemand mehr in den Laden kommt, der blecherne Rolladen heruntergelassen wird, verschlossen. Hast du nicht gemerkt wie spät, daß es dunkel ist, daß wir längst hätten gehen sollen?

– Ungefähr in der Mitte des Ladens, im grellen Lichtkreis einer schirmlosen Lampe, wird nun vor uns ein Stück einer Schachtelwand abgetragen, Stück um Stück, und hinter uns
– uns einmauernd
– wieder aufgebaut. Zuoberst, genau auf Kopfhöhe, wird zwischen und an Kanister ein Spiegel gelehnt.
– Vor uns, auf einer freigemachten Tischfläche
– neben einen Fernsehapparat

– werden Zeitungen ausgebreitet, säuberlich, vier Teller darauf gestellt
– zwei für uns, zwei uns gegenüber, nur durch eine andere Gasse zu erreichen, für die Gastgeber.
– Wir bekommen zwei Stühle, ihnen genügt eine Kiste. Germain öffnet eine Büchse Thon, leert sie auf meinen Teller, öffnet die nächste für den nächsten Teller, die dritte für den dritten, die vierte
– du très bon thon à l'huile
– während Madame mit flinken Fingern hartgekochte Eier aus den Schalen löst, zwei für jeden, mit einer Gabel,
– voyez, comme ça
– alles tout Thon und Ei ensemble auf meinem Teller zu Mus zerquetscht, worauf Germain aus einem großen Kanister Öl
– du très bon huile d'arachide
– leert, jeden Teller etwa randvoll
– Ripolin Ripolin Ripolin Ripolin Ripoli Rip: vor mir eine Reihe rot eine grün eine blau eine gelb gut gelb vom Ei gelb Linien Lackdosen
– das soll dir gut bekommen
– Flaschen in Linien voll Putzmitteln Mittel nicht einnehmen Lösungsmittel Alkohol hol dich der
– nein kein Alkohol, nach dem du suchst.
– Ich such etwas, such nach irgendetwas nur das nicht, das vor mir auf dem Teller essen müssen ich muß
– du mußt, iß, sei höflich, sei freundlich, iß.
– Und ich bin nie ein guter Esser gewesen und seh mich immer noch vor vollen Tellern in Eßsälen iß Blech brech Teller schepperndes Besteck und Kohlgeruch Dampf über Kinderköpfen iß und obwohl ich seither gehungert habe und gedacht habe, nie mehr satt zu werden und alles essen zu mögen, iß! 2 Eier 1 Dose Thon Erdnußöl iß!
– Vis-à-vis lacht die Katz und der Kaiser wünscht uns einen guten Appetit.

– Rechts neben mir lacht ein Gesicht aus dem Fernsehschirm guten Appetit! Leicht schräg, flimmernd, auch schräg den Kopf, augenaufschlagend, lächelt sie unverbindlich und verkündet das Programm für diesen Abend: Weltmeisterschaft im Freistilringen.
– Bon appetit!
– Lächelnd, immer noch lächelnd, nimmt der große Kopf Abschied und überläßt seinen Platz zwei ganzen, imposanten Figuren
– wir hätten nicht bleiben sollen!
– Japaner und Franzose, die sich nach kurzer formeller Begrüßung sofort aufeinanderstürzen jetzt ist es zu spät wegzugehn. Gebannt starren wir auf ein sich unaufhörlich überstürzendes Geschehen
– sehen wir mit seitwärts abgedrehten Köpfen
– Monsieur und Madame starren geradeaus an uns vorbei hinter uns in den Spiegel.
– Um die Taille fassen sich die Gegner:
– Beine Arme Beine Arme Köpfe Arme wirbeln wie Räder Glieder wirbeln Glieder dreschen hart auf den Boden den Boden Atem angehalten die Augen geschlossen nicht schauen
– kehr dich um
– nein kehr dich nicht um dort hinter dir dreschen im Spiegel Glieder wie Flegel hart auf den Bo den kehr dich nicht um
– kehr dich um nach
– nicht nach hinten kehr dich nach vorn da sitzen lauern zwei Katzen mit Brillen die in dich
– nein an dir vorbei hinter dir mir in den Spiegel schaun
– schau sie nicht an keine Blicke kreuzen in den Augen Brillengläsern wirbeln Bei Ar Kö kehr dich nicht
– Thon mit Ei beschwichtigt die Unruhe.

– Ein Japaner ein Amerikaner stürzen ins Bild, da da

– packen sich
– comme des chats!
– catch catch the cat!
– catch as Katz can an den Beinen ziehen zerren reißen stemmmmmen hebeln
– le grand ciseau! regardez, le grand ciseau
– so jetzt wird muß es krachen Knochen brechen jetzt zerbrechen jetzt erbrechen
– weg abwenden dem Essen zuwenden sich vom Essen ab dem gespiegelten Kampf zuwenden
– entsetzt sich ab den Gastgebern zu den zweimal verdoppelt verkleinert Kämpfenden zuwenden
– entsetzt sich abwenden
– doch die schnaufen stöhnen
– noch ist nichts gebrochen
– noch ist alles zu erwarten.
– Einige Bissen Thon mit Ei beruhigen vorübergehend die Nerven.

– Ein Russe fällt jetzt über den Ja catch Japaner her biegt ihn bbbiegt ihm den Kopf zurück im immmer wei weiterrck Genick bre
– der hat sich flink, die Katze, über ihn geschwungen, klammert trommelt mit spitzen Fersen den Bauch des Gegners
– den glänzenden öligen Bauch
– ölig glänzen die Teller
– schnell, so schaun Sie doch! jetzt, schade, verpaßt
– mir genügen die Töne
– die genügen, den Appetit auf das beste Essen
– wirst dir den Magen verderben
– nein magnetisch ziehen immer neue Grausamkeiten die Aufmerksamkeit auf den Bildschirm, Runde um Runde, endlos, während unsere Gastgeber an uns vorbeisehen

– während ich widerwillig, innerlich würgend, mich mit Essen Kauen zu beruhigen versuche.

– Ineinander verbissen eine Kugel aus Fleisch Muskeln Haaren springt springt ein Ball rechts ein Ball hinter springen vier verkleinerte Haarmuskelfleischbälle vor uns auf den Boden vom Boden auf rollen endlich ächzend zu allen Seiten aus Bild Brillen Spiegel.
– Lächelnde Gesichter sprechen, singen
– während wir nervös schnell mit etwas Brot Ölreste von unsern Tellern tunken, dann danken
– wenn nicht herzlich so höflich
– dann reißen wir eilig die Wände ab, die uns einsperren, stoßen
– Katzenaugen im Rücken
– den rasselnden Laden hoch genug um gebückt ins Freie zu gelangen und fliehen
– hie und da aufstoßend
– aus der Straße, bald darauf auch aus der Stadt.

– Ich hatte keine Lust mehr hinzufahren, sagt Anne, nach Gruebers Tod hat Paris mir nie mehr so gefallen wie vorher.

10

Die Schwierigkeit, mit etwas fertig zu werden.
Immer wieder aufs Gleiche zurückkommen zu müssen, auf nichts Großes, auf einen Satz etwa, ein Wort, das im Moment, als es ausgesprochen wurde, nichtssagend schien, sich später aus der Distanz aber als beunruhigend erweist, als Frage oder als ungelöste Aufgabe.
– Ein Wort als Aufgabe?
– Auf so einem quälenden, bohrenden Satz oder Wort beharren zu müssen.
– Damit vertreibst du alle.
– Ja, sagt Anne. Etwa so: »haben Sie das gehört? Reitet auf allem herum, nimmt einen beim Wort.«
– Damit wirst du dich abfinden müssen, meinte Grueber.

Er hatte sich damit nicht abgefunden.
Anne hört ihn noch: er erzählt etwas, irgendetwas, das jeder kennt, nickend wiedererkennt in Gruebers Erzählung, die zu etwas anderem übergeht, unmerklich, die Zuhörer lächeln, verstehn, er erzählt, und einer schmunzelt, jemand und dann noch jemand lacht, da ist er bereits woanders, während sie lachen, sollten sie schon nicht mehr lachen, nein, nicht weinen, doch, doch dazu ist es schon zu spät, er ist bereits weiter, über knackendes Eis? der lacht furchtsam, und ist schon am andern Ufer und hinunter, keine Zeit für Schwindel, Schwindel? nicht so, nicht doch, Grueber schwindelt nicht, was fast beängstigend ist. Ihm zu folgen ist nicht mehr ganz leicht, muß das sein? fragt sich einer, weiter, der denkt an was andres, während Grueber jetzt zum Thema kommt,

an dem ihm liegt, etwas, das Anne wie ihm einleuchtet, aber die ihm zuhören, sind nun abweisend, als wüßten sie nicht, was er sagen, worauf er eigentlich hinaus wolle. Er geht ins Detail, versucht zu erklären, sie hören kaum mehr zu, blicken sich an, greifen nach einer Zeitung, blättern in einem Buch, wollen oder können nicht verstehen.

Anne merkt, wie Grueber anfängt, sich selber zuzuhören, herauszufinden versucht, was es sein könnte, woran es liegt, daß er sich nicht verständlich machen kann, zu hören versucht, was er falsch macht, während er eigentlich nichts falsch macht, nur die falschen Zuhörer für dieses Thema hat. Zum Schweigen ist es zu spät, er merkt, wie er, sonst doch geistreich, es endlich fertig bringt, daß alle gähnen.

Anne träumt, sie gehe mit Grueber dem breiten Flußbett entlang auf einer staubigen Straße durch eine Landschaft, die beiden vertraut ist, in der sie sich zu Hause fühlen, oder wie nach langem heimgekommen.

– Warum weinst du? aus Freude?

Sie könnte nicht sagen warum. Vielleicht weil sie ihn endlich wiedergefunden hatte, wider Erwarten.

Im Labyrinth des Père Lachaise zwischen Tempeln Engeln Vergißmeinnicht Säulen Kreuzen Kränzen Pensées Obelisken schwarz weiß Immergrün Marmor Porphyr Alabaster Granitkuben umherirrend, hatte sie ihn nicht finden können, nichts von ihm, nichts zu beweinen, wenn nicht gerade diese Abwesenheit.

In den Straßen von Paris versteckte, kaum bekannte Orte, alles was er geliebt, wohin er Anne geführt, vor langem, ihr liebevoll vorgeführt hatte, war noch, stand

noch da, er nirgends, Hôtels de Sandreville, d'Albret, de Rohan, Palais Soubise, inzwischen wieder zu Ehren gekommen, instandgesetzt. Schau in alle Höfe des Marais: von ihm keine Spur.
Eine Spur Trauer: ein über und über blühender Fuchsienstock. Andere Blumen waren im einzigen Blumengeschäft in der Nähe des Friedhofeingangs, eines Nebeneingangs, nicht zu haben. Ohne Pflege auf dem von der Septembersonne heißen Stein, war die Pflanze nach ein paar Stunden hin. Ich hätte das lassen sollen. Zwischen den abstrusen Monumenten verzweifelt suchend, wußte ich genau, daß ich nichts finden würde als einen in Stein gehauenen Namen. Verlaufen, verirrt.

– Das ist vorbei.
Sie gehen durch eine weite, menschenleere Gegend. Im Flußbett Sandbänke, verschlungene Wasserläufe, dazwischen Flächen grober Kies, ein Kieswerk an ihrem Ufer. Morteratsch. Oder die March? Wenn es nicht der obere Rhein ist.
Es scheint, als befänden sie sich auf dem Weg zu einem unbekannten neuen Domizil. Sind sie gezwungen worden, zurückzukommen?
– Warum bist du nicht früher gekommen? Neunzehn Jahre sind lang.
Anne beteuert, daß ihr diese Landschaft gefällt, sie könnte sich keinen Ort vorstellen, der ihr lieber wäre. Trotzdem weint sie.
– Laß dich gehn, sagt Grueber. Sie schluchzt, daß es sie schüttelt. Und als rede er zu sich selber:
– verletzt merk ich mehr. Ich sehe dann genauer, plastischer, wie um die Erscheinungen, Personen, auch Zustände herum, sehe ihre Rückseite, was in ihnen und hinter ihnen ist, was durch ihr Bild verdeckt wird. Selten, nur einen Moment lang: wenn ich selber bin, als hätte man mir die

Haut abgezogen, erscheint auch alles um mich ohne Schale.
– Und später?
– Später fügt es sich wieder zum gewohnten, bekannten Bild zusammen, ist nur, was es scheint.
– Und du vergißt, was du gemerkt hattest?
– Es ist nicht mehr zu fassen, nur noch beinahe zu fassen.

Ein Park in der Flußkrümmung, am andern Ufer. Zwischen alten hohen und dichten Bäumen steht ein hellgrauer Pavillon, Barock, die Verzierungen, Profile gedrungen, wie komprimiert.
– Schau, auch hier Vorbilder, Motive, sagt Grueber, das erinnert mich ans Hôtel Sully.
Anne weiß nicht, warum sie Architektur etwas angeht, jetzt hat sie bis zum Überdruß genug davon.
Und dort, klein vor dem Horizont, wie ein altes Bild: niedrige Bauernhöfe, Wohntrakt, Scheune, Stall: ja, einmal als Schularbeit gemalt.
– Warum bist du nicht zurückgegangen, gleich nach dem Krieg, du hättest das, als ehemaliger tschechischer Legionär, können? fragt Anne und bereut bereits ihre Frage, stellt sich vor, was er, Sündenbock für jedes Regime, dort angetroffen hätte. Seine Geste versteht sie: das ist wie eine abgewiesene Liebe, nichts mehr zu wollen. Du kannst dein Leben einsetzen, und sie wird dich kassieren, lachend, sich dann abwenden.
– Gehen wir weiter!
Die Straße, auf der sie seit Stunden bei greller Sonne wandern, biegt um einen Felskopf, dahinter öffnet sich ein flaches, steiniges Tal.
– Wieviel schöner ein bewölkter Himmel ist, das starke Licht war schwer zu ertragen.
Kurz die Ansicht eines dunklen Kegels zwischen den aufziehenden Wolken. Beunruhigt, als wäre sie den Alpen doch nicht ganz entkommen:

– oder sehen so die Pyrenäen aus? fragt Anne, erinnert sich dann an die Straße, die nach Andritsena und von dort nach Vassae führt, und daß es auch zu Hause Berge gab. Hatten die nicht anders ausgesehen?
Sie kommen zu einer Ziegelei, widerstrebend tritt Anne hinter Grueber ein, wäre lieber weitergegangen. Nun bewundern sie das Meisterwerk: aus dünnen Ziegeln konstruierte Kreuzgewölbe, die sich versetzt überschneiden und einen Gang bilden, nicht sehr hoch. Es ist zu heiß herinnen. Am Ende angekommen, bückt sich Grueber, sie sieht eine kleine Öffnung, ähnlich einer Ofentür, durch die er elegant und geschwind schlüpft. Sie versucht es gleich zu machen (draußen ein Schuß, gedämpft, wie erstickt), sie will schnell hinaus, sich durch die kleine Tür drücken, er war doch eher größer als sie, warum gelingt es ihr nicht, der Rücken zu steif, nicht imstande sich klein zu machen, kehrt sie um, läuft so schnell sie kann durch die Ziegelei zurück und ins Freie.

Ich bin tot, sagt Anne, tot.
Sie sitzt allein im Zimmer, auf dem Bett, oder auf einem Stuhl, auf dem Heizkörper, lehnt sich an die Wand, steht vor dem Fenster, die Stirn am Glas, schaut hinaus, was sie sieht, nimmt sie nicht wahr, es schneit, es ist Montag, war Montag, ist Mittwoch oder schon Samstag Sonntag und die Sonne scheint draußen auf die weißen Flächen, Gregor kommt, sie redet mit ihm, er geht, und sie sitzt wieder da, es ist Dienstag nachmittag, draußen schneit es.

II

Ein Besuch, der kommen wollte, hat abgesagt.
– Wie schwer es ist zu arbeiten, etwas konzentriert zu tun, was immer, so weit wie möglich zu treiben, fortsetzen, oder zu Ende bringen, was zwar meist unmöglich ist, auch sonst: eben arbeiten, wenn man sich auf einen Besuch, eine Unterbrechung, eine Ausrede eingestellt hat, die dann ausfällt, sagt Gregor verärgert: Ferienland!

Ein Besuch, war es Will? kommt ins Atelier.
Er sitzt, schaut ein Bild auf der Staffelei an, steht auf, holt aus dem Gestell ein zweites Bild, noch eins, setzt sich, um sie anzusehen, geht und nimmt andere Bilder, stellt sie um, schaut:
Figuren, die für Menschen stehen, nebeneinander, die vielleicht warten, wahrscheinlich schon nicht mehr warten, nebeneinander nicht miteinander, ohne Kontakt, oder mit einem negativen Kontakt,
so wie jetzt Will, Anne und Gregor, deren Schweigen nicht Verständigung bedeutet, sondern Abwehr.

– Ich möchte wieder einmal mit dir allein sein, sagt Gregor, nicht unterwegs, hier allein.

Kaum ist Stanton abgereist, kommt Will.
Er telefoniert vom Bahnhof, gerade angekommen, er habe zwei schwere Koffer, man solle ihn abholen.
– Wir haben kein Auto.
– Aber einen Handwagen werdet ihr doch haben.
Er kommt von Rom. Er kommt über Rom aus Mykonos,

wo sie sich vor einigen Monaten
– es war November
von ihm verabschiedet hatten.
– Hast du ihn eingeladen? fragt Gregor.

Stanton kam am Tag vor Weihnachten.
Will sagt, er möchte über Ostern bleiben:
– gute Luft habt ihr hier, meint er, und das Licht erinnert an Griechenland.
Er betrachtet seinen Teller:
– wieviel Drachmen haben wir für so ein Frühstück bezahlt?
– Noch drei Wochen bis Ostern, sagt Gregor.
Will öffnet ein Rasiermesser und reicht es Anne, er legt seinen rotlockigen Kopf auf ihren Schoß:
– du könntest mir die Haare schneiden!
– Und was will er noch? fragt Gregor.

Stanton, der auf der gemeinsamen Reise der anspruchsvollere gewesen war, kein Essen war gut, kein Zimmer sauber genug, ist hier mit wenig zufrieden und so hilfreich, daß sie ihn seine Abreise immer wieder hinausschieben lassen.
– Breakfast is ready, ruft er um 9, und um 10 Uhr: please get up!
Er wäscht das Geschirr. Abends sitzt er in einer Ecke auf dem Boden und liest, über Griechenland.
– Ich sollte wieder einmal nach Hause fahren, sagt er hie und da, und meiner Mutter einen Mann suchen.
Mit seinem lottrigen Triumph Herald
– Convertibel
fährt er durch die Gegend, heute ins Bergell
– kommst du mit?

morgen ins Puschlav: in Graubünden gibt es 150 Täler. Manchmal kommt er erst nach Tagen zurück.
– Fahren wir über den Ofenpaß?
– Gut, sagt sie, und durch den Werktunnel von Ova Spin ins Livigno.
Manchmal sitzt Stanton eine Woche lang lesend in der Ecke.
Manchmal geht Anne mit ihm spazieren. Einmal führt sie ihn auf den Friedhof, der so schön liegt, daß es Leute gibt, aus dem Ruhrgebiet etwa, die Riesensummen zahlen, um sich darin einen Platz zu reservieren.
– Sie freuen sich auf die schöne Aussicht, für die Zeit wenn sie tot sind. Zwanzig Jahre, dann werden sie ausgegraben, verwest oder intakt, wie die einheimischen Toten. Zuwenig Platz.
Stell dir vor, es gibt Leute, die meisten, die hier geboren, hier aufgewachsen und hiergeblieben sind, die wissen, wo sie begraben werden: wo ihre Familienangehörigen, ihre Freunde und Feinde und ein einzelner Feriengast liegen, ihre Gesellschaft, und wo es schön ist.

– Vielleicht sollte ich jetzt abfahren, sagt Stanton, kommst du mit?

Anne wäscht den hölzernen Fußboden.
Stanton sitzt auf dem Boden, lehnt sich in die Ecke Kasten Wand und blättert in einem dicken großen Buch DIE ERDE DIE TEMPEL UND DIE GÖTTER.
– Do you remember? fragt er und sieht nicht, weil sie von ihm abgewandt in einem anderen Teil des Zimmers schruppt, daß Anne die Stirn runzelt, diese Frage nicht mag
– weißt du noch, wie ich deinetwegen in Korinth den

Autobus verpaßt habe, wie wir von Alt-Korinth nach Neu-Korinth gewandert sind?
Anne sieht die Landschaft um Korinth.

Von der Hauptstraße Korinth – Argos gehen sie zu viert zu Fuß nach Mykene, im Sonnenuntergang durch das Löwentor zu viert in den Trümmern, die Aussicht in Richtung Nauplia auf die rotbeschienene Landschaft, zu viert in Agamemnons Grab, bei Nacht denselben Weg wie vor drei Stunden zurück und warten eine Stunde am Straßenrand, bis ein Auto sie mitnimmt.
– Wissen Sie ein billiges Zimmer? fragt Anne den Chauffeur. Und als Gregor und Anne sich das Zimmer ansehen, sagt der kleinere der beiden, die ihnen seit dem Morgen nachgelaufen sind:
– a room like this would do for us, oder er sagt etwas ähnliches, und bezieht mit seinem Freund das gleiche Zimmer einen Stock höher.
– See you to-morrow.
Der Kleinere sitzt auf der Mauer der mittelalterlichen Befestigung hoch über den 999 Stufen, die zum Paladimi hinaufführen. Er kontrolliert, wer heraufsteigt, er wartet auf Anne und Gregor, lauert ihnen auf.
– Morning!
– Excuse me, I forgot your name.
– Stanton.
St. Anton, merkt sich Anne.
Stanton sagt, daß er an der Columbia University Architektur studiert habe. Will, der nicht sein Freund sei, dem er sich nur irgendwann einmal angeschlossen habe
– we met in Bari, sagt Will, der im Schatten an der Mauer lehnt, Will ist englischer Schiffsoffizier, seit zwei Jahren malt er. Er wird von nun an das Wetter voraussagen, starken Seegang auf der Überfahrt nach Mykonos.

Während Wochen sind Stanton und Will höflich, nett, an dem interessiert, was Gregor und Anne interessiert, und merken nicht, daß Gregor und Anne lieber allein reisen.

Vier teilen ihren Proviant im Theater von Epidauros und you remember Tripolis?

Ein schlechtes schmales Bett zu zweit in einem Zimmer ohne Tür, draußen im Gang schlafen Stanton und Will auf Pritschen; neben dem stinkenden Klo ein Haufen dreckiges Zeitungspapier.

Dann die lange Autobusfahrt zu viert, gestern hatten Will und Stanton noch in den Süden wollen, jetzt fahren sie nach Westen, quer durch wildes Gebirge, das sie hier nicht erwartet hatten. Esel mit farbigen Satteldecken auf dem Weg zum Markt, ein Platz mit angebundenen Eseln, wie an anderen Orten geparkte Autos, in Andritsena.

– Remember Bassae.

Stanton liest laut aus seinem Buch: *Das Maß wird an den Außenfassaden bestimmt und dann im Innenraum vergrößert, mit dem Effekt, daß, wo man eine räumliche Einengung erwartet, stattdessen von der räumlichen Größe überrascht wird.* Verstehst du das?

Ein Taxi von Andritsena nach Vassae, wo es regnet. November. Die drei Männer studieren, jeder für sich, jeder auf seine Art, den Tempel. Anne geht im Tempel herum.

– *Dieser Eindruck könnte nicht entstehen, ständen die ionischen Säulen frei in dem recht engen Raum. Sie würden übermächtig wirken, mit ein Grund, warum einzelne Säulen bis dahin noch nicht verwendet worden waren.*

Sie geht durch den Innenraum, schaut, geht hinaus, geht rund um den Tempel, geht von einem der herumliegenden Bruchstücke, Säulenfragmente, zum andern, setzt sich auf einen der nassen Steine, den Rücken gegen den

Tempel, schaut zu, wie neben ihr Will auf nassem Papier diesen Tempel zu zeichnen versucht.

– *So erhebt sich die ganze Cella, im gleichen Maß, in den Proportionen, wie sie nur die Verwendung von Säulen ermöglichen.*

Ein Haus, ein getäfertes Zimmer, aus dessen Renaissanceelementen ein schön proportionierter Tempel wird.

– *Ein Mittel, das man archaisierend, nicht archaisch nennen könnte.*

Aus fast holzfarbenem Stein. Erinnert an Vassae oder, in der Beleuchtung, wie es sie nur abends in Meernähe gibt, plastisch überdeutlich, an Aegina.

Anne schruppt, wie im Traum, den Boden an einer der hinteren Ecken, nicht weit von dort, wo Stanton sitzt.

– *Zudem wurden in Vassae die Nischen zwischen den verbundenen Säulen bewußt plastisch gestaltet, dadurch erschien der Innenraum reich gegliedert, voll farbiger Schatten und räumlicher Tiefe.*

Der Boden ist stark maseriert und voll großer Astflecken.

– Du hörst nicht zu, sagt Stanton.

– Ich habe zu tun.

– Du träumst.

Sie wäscht um eine große Truhe herum. Der Boden wird sauber, fast weiß an den Stellen, wo Anne ihn gewaschen hat. Das Telefon läutet. Stanton studiert das Buch auf seinen Knieen und rührt sich nicht. Anne lehnt den Schrubber an die Truhe, läuft zum Telefon. Ja. Ja er ist letzte Woche angekommen. Er stand da, allein. Der am andern Ende redet eine Zeitlang, bevor sie den Hörer auflegt.

– Diese Wascherei ist viel zu anstrengend für dich, sagt Stanton, versetzt dem Eimer einen Fußtritt und beobachtet, wie sich das schmutzige Wasser schnell über den Boden ausbreitet, die sauberen und die noch nicht gewaschenen Stellen schwärzlich färbt.

– Ist dir jetzt die Lust am Träumen vergangen? Stanton hält ihr, so als wolle er sie mit einem Geschenk trösten, eine Miniaturtruhe hin: du verschenkst deine Themen, meine Liebe, waren da nicht noch zwei kleine Kästchen wie dieses, Gesellenstücke, mit allen Details einer großen dekorierten Truhe, an zwei Ketten in der Mitte der Tempelfront befestigt, im Traum. Und du hast den Weg zum Tempel vergessen, die terrassierten Hänge, die vielen kreisförmigen Flächen auf den Terrassen, Dreschplätze vielleicht.
– Ich wollte, ich hätte alles vergessen.

Wills Seemannsgang, man sieht, Will ist Seemann gewesen, hat die Marineoffiziersschule absolviert, ist, wie er sagt, einige Jahre auf See gefahren, bevor er zu malen anfing, sein ruhiger ausbalancierter Gang vor den erstaunten Blicken schwankender Passagiere, die sich an Türgriffe, an die Reling klammern, vor den eingeweihten Blicken seiner Kollegen. Stöhnen, die Kotzenden unten im Zwischendeck, du hörst wieder nicht zu, sagt Stanton.
– Doch. Brot, Käse und harte Eier. Und du überquerst die Aegäis Ende November.
– Wie du immer abschweifst, während ich erzähle, bist du woanders.
– Im Bauch des Haifischs. Sardinen, liegen wir einer neben dem andern. Siehst du: ich bin, wo du bist.
– Es interessiert dich nicht, was ich sage. Stanton merkt, daß er wieder dasselbe zu erzählen anfängt.
– Du erzählst mir immer die gleichen Geschichten, oder ähnliche Geschichten, immer solche, an denen ich beteiligt bin, die ich auch dir erzählen könnte: vom Unwetter, das Will vorhergesagt hatte, kalten Wellen über Bord, über

die zu großen Ringen aufgerollten Seile, in denen wir, Will, Gregor und ich, als wären es Fauteuils, liegen, bis ich durchnäßt und durchfroren ins Zwischendeck fliehe, die steile Stiege herauf kommt Gestank von Erbrochenem. Du sitzt unten, und ich denke, was du erträgst, halt auch ich aus. Wir hocken uns auf Koffern gegenüber, verschließen mit den Händen Mund, Nase und Ohren gegen das Stöhnen um uns, den Gestank und den eigenen Drang zu erbrechen, sehen uns an und lachen, schützen uns durch Lachen.

(Wie kommt man um Erinnerungen, um etwas, das war, herum? Nur ein Versuch, jetzt hier zu sein, jetzt von hier zu sprechen, wenn das möglich wäre, mit ihm möglich wäre, würde weiterführen)

– keine Geschichte mehr, bitte, an der ich beteiligt bin.

– Ja, und wie du die Stiege fast herunter – mir entgegenfällst. Wie wir dann stundenlang aneinandergelehnt sitzen, während es um uns herum höllisch zugeht. Hühner gakkern, eng in Tragkörbe gepfercht.

– Ich glaube, die Frau, die so kreischt, ist am Gebären.

– Eine große Pritsche nimmt fast den ganzen Raum ein, darauf haben sich die Leute eingerichtet unter ihren eigenen mitgebrachten Decken, zwischen, auf ihren Bündeln, da ist jeder Fleck belegt, kaum Platz zum Sitzen.

– Ein Matrose geht mit einem Kübel zwischen den Menschen, den Kisten, Koffern und Körben herum und streut, der Sämann aus dem Lesebuch, Sägemehl über das Erbrochene auf dem Boden.

– Einer kommt und fordert uns auf aufzustehn, wir zerdrücken, das stimmt, seinen Koffer. Er spricht Griechisch, was wir nicht verstehn, seine Gesten sind unmißverständlich, nein auf den Koffer dürfen wir uns nicht mehr setzen und wir können nicht stundenlang schwankend hier stehn, sonst nirgends sitzen, drängeln uns endlich zwischen zwei auf der Pritsche, die ein wenig Platz zu machen versuchen.

– Elf Stunden von Piräus nach Mykonos, sagt Anne: ich stelle mir vor: Leute wie diese in einem Zwischendeck wie diesem, Auswanderer, tagelang in einem Schiff nach Amerika.

– Der Korbhändler, der die Fahrt einmal wöchentlich macht, sagt, so schlimm sei es seit Jahren nicht gewesen. Er versucht, englisch zu sprechen. Und meint, wir werden bei dem Sturm in Mykonos nicht anlegen können.

– Warum erzählt man sich Geschichten, die man schon kennt?

– Wie wir daliegen, die Wellenbewegungen, die Stöße gegenseitig einer am andern auffangen, und lachen

– lachen, als wären wir nicht hier sondern weit weg

– als wäre das Schiff eine Schaukel

– der Lärm ringsum Lärm von Vergnügten in einem Tingeltangel.

– Warum bin ich nie an dem Ort, an dem ich bin, dann wenn ich dort bin, aber vorher, wenn ich mir vorstelle: Dampfer in Piräus, mir Inseln denke, vom Schiffsdeck aus gesehen, bin ich bereits dort, in Erwartungen, an die ich mich später nicht mehr erinnere, nachher, wenn ich mich an den Dampfer, an Piräus, an die Inseln erinnere. Warum sind wir jetzt dort, während wir dort woanders waren und sind doch eigentlich hier?

– Wer weiß, jetzt kommen wir bald nach Mykonos, in drei Tagen gehen wir auf Delos spazieren. Und einmal, irgendwann, werden wir hier in diesem Zimmer sein.

– Immer im Kreis herum, nach jeder Frage, auf die ich die Antwort nie weiß, die ich, wie ich mich auch bemühe, nicht finden kann, allein nie finden kann, wieder am Anfang, am gleichen, fast gleichen Ausgangspunkt

– lachen wir und freuen uns an dem Geschaukel. Bis

Will mit Gregor herunterkommt, beide tropfnaß, man sieht Gregor an, daß es ihm sterbensübel ist.

– Warum nennst du mich Gregor?

Anne schiebt ihr Fahrrad, schwer beladen mit den Einkäufen für mehrere Tage, den Berg hinauf nach Hause. Es ist schon dunkel und sehr kalt, wie gewöhnlich hier, abends. Durch das beleuchtete Küchenfenster sieht sie Gregor drinnen hantieren, sie freut sich auf die warme Wohnung.
Zu zweit bereiten sie das Abendessen vor und decken den Tisch.
– Stanton wird jetzt kaum mehr kommen, meint Gregor. Trotzdem warten sie. Er schaltet das Radio an, Anne nimmt ein Buch.
– Warum nennst du mich Gregor? Einer der hilflos auf dem Rücken liegt und zappelt.
– Das war dein eigener Vorschlag: Georg hast du nicht heißen wollen, und was Besseres ist uns beiden nicht eingefallen.
Sie lesen und warten.
– Meist bist du standhafter, zappelst weniger als ich, sagt Anne. Die Musik und die Wärme wirken einschläfernd.

Ein Knall. Erschrocken, verärgert, bemerken sie ein kleines Loch, den Einschuß, im Dach. Das war Stanton, auf diese übermütige Art meldet er sich diesmal an. In der Tür zögert er einen Moment, ist dann gleich wieder der Alte, umarmt Anne. Draußen miaut eine Katze, und während sie fürchten, es sei ihr Kater, springt hinter Stanton ein fremdes struppiges Tier mit rundem Gesicht herein, stellt sich weinend auf die Hinterbeine, breitet mit den Vorderpfoten das Bauchfell auseinander, als wär es ein Mantel, und zeigt auf einen durchschossenen Fleischlappen. Nebenan ruft jemand wie man nach einem verlorengegangenen lieben Tier ruft. Und es humpelt jaulend davon, verschwindet unter einem Scheunentor, aus dessen Ritzen Licht dringt. Anne, die dem Tier nachgelaufen ist, hört, wie die Stimme eines alten Mannes die immer noch weinende Katze zu trösten versucht.

– Ich hätte nicht gedacht, daß du so grausam bist, sagt sie zu Stanton, während sie nebeneinander im Dunkeln zurückgehen.

– Es gibt Schlimmeres, antwortet er, und: jetzt sollte ich wirklich abreisen.

– Wohin?

– Nach Kreta, Kairo, Aethiopien. Aber wahrscheinlich ist es dafür zu spät, bin ich zu lange hier geblieben. Oder vielleicht nach Berlin. Komm mit! Sie lacht.

– Gelegentlich werde ich mir Arbeit suchen und einmal werd ich zurückfahren müssen. Aber vorher möcht ich euch gerne noch treffen.

Nächstes Jahr in

12

In der Normandie.

Die Flotte verläßt Saint-Valéry und segelt in der Nacht zum 28. September 1066 nach England ab.
Schön gestickt: braun-blau-golden gestreifte Segelschiffe, Drachen- oder andere Köpfe an Bug und Heck, beladen mit Rittern, Pferden, von denen nur die Köpfe zu sehen sind, und Schilde.
NAVIGIO: MARE TRANSIVIT
– Das ist falsch, meint Stanton.
– Aber so steht es da.
Ein Streifen geflügelter Fabeltiere, Vögel, Löwen am unteren Saum.
SILENCE!

Ein Stück der normannischen Küste im Februar, abends und bei Nieselregen. Die steilen Wände der falaise
– warum sagst du nicht Felsenriff? fragt Gregor
leuchten ockergelb zwischen dem dichten, schwarzglänzenden Gestrüpp. Steinschlagwarnung. Überall liegen Felsbrocken, auch im Wasser. Der Himmel hat die gleiche Farbe wie die Bunker am oberen Rand des Riffs. Auch das Meer ist beinahe gleich grau. Vorn, entfernt, von einem Felsvorsprung halb verdeckt, eine schwarze Höhle in der Wand. Anne geht auf sie zu: immer ihre Vorliebe für Höhlen, die Vorstellung, einer hätte sich darin versteckt, damals, hätte darin überleben können.
Die Vorstellung: Soldaten, die ans Ufer waten. Dort draußen im Meer abgesetzt, schwer bepackt, im Tiefen, viele ertrinken, Soldaten, dem Beschuß vom Ufer her ausgesetzt, viele sofort erschossen.

– Wie sie diese Wand hinaufklettern, herunterrollen, klettern, sich am Gebüsch hochziehen, sieben lange Junitage
– ja ich glaube, sie haben eine ganze Woche gebraucht, um den Steilhang zu erobern
– in weniger als einem Monat mehr als eine Million Soldaten und 566 000 Tonnen Güter und 170 000 Fahrzeuge an Land gebracht
– Soldaten klettern und fallen, bröckelnde Wände und tote Männer auf den farbigen Steinen hier am Strand.
– Handschmeichler, sagt Stanton.
– Wie das Pflaster von Bayeux, sagt Gregor, rot, gelb, ocker und grünlich.
– Weil's regnet, sagt Anne, wenn es nicht regnen würde, wär alles grau, auch die Lehmwände.
– Lehm? Was da herunterfällt, sind doch Steine.
– Fest und hart wie eine Straße, die Steine unter und neben dem Wasser. Auf Sand würde man besser liegen, sagt Anne.
– Hier kann man nicht liegen, sagt Stanton.
– Die Opfer, von denen niemand genau weiß, ob sie dafürstanden
– um Gotteswillen, was sagst du
– die dafürstanden, damals, im geschichtlichen Kontext.
– In zehn Tagen haben die Alliierten in Arromanches den größten Hafen gebaut, Stanton zeigt auf vereinzelte Klötze draußen im Meer,
– alles in England vorfabriziert, dann über den Kanal geschifft
– NAVIGIO MARE TRANSIVIT in umgekehrter Richtung.
– Ihr müßt in Arromanches ins Museum gehn
– als kämen wir nicht gerade von Hastings, sagt Anne
– aus Bayeux, Gregor.
– Bayeux war die erste Stadt, die von den Alliierten zurückerobert wurde.

Und die Normannen rücken in Schlachtordnung vor, an der Spitze ihr Herzog und der Erzbischof von Bayeux. Unterwegs wird Wilhelm durch einen gewissen Vital von der Nähe des sächsischen Heeres unterrichtet, aber auch die Normannen sind von einem sächsischen Späher entdeckt worden, der zu Harold eilt, um ihn vor dem nahenden normannischen Heer zu warnen.
Der Entscheidungskampf beginnt.
– Am 7. Juni wird mit dem Bau begonnen. Das Hauptstück ist ein Deich aus im Meer versenkten Betonkästen, deren größter 68 m lang, 18 m breit und 20 m hoch ist. Auf sie stützen sich schwimmende Stahlquais von 60 m Länge, durch leichte Metallmolen mit dem Festland verbunden.
– Deine Vorliebe für technische Details, Stanton!
– Eine wunderschöne Tapisserie, sagt Gregor.
Der untere Saum dient hier als Schlachtfeld. *Während Herzog Wilhelm noch eine Ansprache an die Truppe hält und sie zum heroischen Kampf anspornt, zieht die Kavallerie im Galopp los, vor ihr die Bogenschützen*
– siehst du?
die den Sturm decken
– keine Fabelwesen mehr
– abgehauene Köpfe.
Die Toten bedecken den Boden, und unter ihnen König Harolds Brüder Lewine und Gird, in einem mörderischen Nahkampf kämpfen Normannen und Sachsen mit der Axt und dem Schwert, wie sie diese Wand hinaufklettern, herunterrollen, klettern und fallen, sieben lange Junitage, wie *die Schlacht wütet, Mensch und Roß versinken in der Schlucht. Der Erzbischof von Bayeux bemüht sich, die Kämpfer wieder zu gruppieren, aber erst dem Herzog Wilhelm, den man verwundet glaubte, gelingt es, die Soldaten zusammenzubringen. Wieder unter einer Führung geht die normannische Armee zum Angriff über. Harolds Armee wird trotz des Mutes der Sachsen zerschlagen.*

König Harold bekommt einen Pfeil ins Auge und stirbt.
Die normannische Armee ist siegreich.
Die über die Sachsen gewonnene Schlacht von Hastings am 14. Oktober 1066 machte aus Wilhelm ›dem Bastard‹, Herzog der Normandie, Wilhelm den Eroberer, König von England!
– NAVIGIO MARE TRANSIVIT
– Daß man sie den Hafen hat bauen lassen, daß sie nicht bombardiert wurden
– eine grausige Schlacht, sagt Gregor
– eine wunderschöne Tapisserie, Stanton.
– Bastard, meint Anne, den Namen hat er gern geändert.
Bastard: ein Grund auszuziehen, um einen ehrenvolleren Namen zu erwerben. Und die Opfer, von denen niemand genau weiß, ob sie dafürstanden, damals, im geschichtlichen Kontext.
– NAVIGIO MARE TRANSIVIT wieder in umgekehrter Richtung
– die hier ausgesetzt wurden
– damit wir leben, heute, noch
leben: in der Normandie, hier, oder anderswo spazierengehen, etwas gelangweilt vielleicht, käme zur Landschaft nicht Weltgeschichte hinzu, 1066 und 1944 in einer Stunde, etwas hilflos leben, den 24 Stunden ausgeliefert, die überall, auch auf Reisen, ausgefüllt sein sollten, obwohl wir nicht recht wissen warum
warum wir jetzt hier herumfahren, dem Strand entlanggehen
– eine schöne Landschaft, sagt Gregor.

13

Schlaflos die ganze Nacht daliegen, bis zum ersten Grau, den ersten Schattierungen draußen. Und mit der Aussicht auf eine sich langsam einstellende, aufstellende Landschaft beginnen, die flächig, noch nicht modelliert, sich immer schärfer vom immer helleren Himmel abhebt, präziser in den Einzelheiten, überblendet wird, sobald die Sonne sich über den Horizont schiebt. Schmale beleuchtete Flecken verbreitern sich, wachsen, nehmen überhand, drängen als leuchtende Flächen das Grau langsam zusammen, reduzieren es zu dünnen Schatten, fressen die Schatten auf.
Dann nimmt das Licht von Minute zu Minute an Intensität zu, überflutet, wenn die Sonne auf halber Höhe, bald zuoberst senkrecht über dem Kopf steht, die Gegend, vor Stunden ungeduldig erwartet, jetzt grell, irritierend. Die Wärme schmilzt den Schnee oberflächlich an, nachts bildet sich eine hauchdünne Eisschicht, die am Tag das Licht blitzend reflektiert, von Tag zu Tag stärker, von Tag zu Tag länger.
So ein Tag nach dem andern.

Nach zwei wolkenlosen Tagen zog Will die Vorhänge zu.

Als Anne in das verdunkelte Zimmer tritt, wundert sie sich zuerst, aber nein, das Halbdunkel stört kaum. Will ist nirgends zu sehen, auch nicht zu hören, vielleicht ist er im Atelier.

– Was ist los? fragt Gregor beim Hereinkommen.

– Nichts, sagt Will. Er sitzt, wo es am dunkelsten ist.

Schon 10 Tage lang wolkenloser Himmel.

Will fährt nicht ski, geht nicht spazieren. Manchmal

bastelt er an einem kleinen hölzernen Fischerboot oder schneidet Passepartouts für die Blätter, die er in Mykonos gezeichnet hat.
Prächtiges Wetter draußen.
– Wenn man sich Mühe gibt, das heißt, wenn man wirklich will, ist einem alles möglich, auch pünktlich aufzustehen, sagt Will, der aufs Frühstück warten mußte.
– Es gibt willensschwache Menschen, meint Anne.
Drei Wochen ununterbrochen Sonnenschein, das reizt, von Tag zu Tag stärker, die Nerven.
– Den Schwachen hilft Beten, meint Will. Anne deckt den Tisch.
Wolkenloser Himmel. Während der Mahlzeiten sind die Vorhänge nicht zugezogen.

– Man kann Katzen mit einiger Konsequenz dazu erziehen, daß sie nicht auf den Eßtisch steigen, keine Teller ausschlecken, sich nicht aufs Tischtuch legen, Will versucht, mit seinem Ärmel Katzenhaare wegzuwischen, der Kater drückt sich vor seinem Blick aus dem Zimmer in die Küche,
– aber eben, dazu müßte man erst sich selber konsequent erziehen, sagt Will.
Anne erinnert sich an zwei oder drei Kinderfräulein, und an die gescheiterten Versuche, sich gegen sie aufzulehnen.

Sechs Wochen ununterbrochen sonniges Wetter, das reizt zu Protest. Aber Will ist nirgends zu sehen und auch nicht zu hören.
– Betest du? fragt Gregor. Will antwortet nicht. Er sitzt, wo es am dunkelsten ist und schaut vor sich auf den Boden.
– Unser Klima bekommt dir nicht, sagt Gregor.

– Auch wir sollten wegfahren, meint Anne.
– Wir werden uns in den Bus oder in einen Zug setzen, morgen, sagt Gregor, und irgendwo aussteigen, wo es keinen Schnee gibt.

14

– Siehst du, unser Heustall steht noch, dort, gegenüber der neuen Tankstelle.
– Dieser hier war's, zeigt Gregor, und schon ist der Autobus und sie darin, an der Gruppe kleiner Häuser, halb Stein, halb Holz, vorbei.

Die Fahrräder lehnen an der Hinterwand der Scheune.
Wider Erwarten ließ sich das schwere Schiebeschloß öffnen, und nachdem die beiden auf der Steinstiege vor dem Heustall das Abendessen ausgepackt und gegessen haben, sitzen sie noch eine Weile, lassen sich von der untergehenden Sonne bescheinen und sehen zu, wie die Felswand gegenüber immer dunkler und höher wird. Dann gehen sie hinein und
– erzähl's nur, lacht Gregor.
– Als ob das so einfach wäre.
Sie bewerfen sich mit Heu, graben Höhlen, graben sich im Heu ein und springen wieder auf, fang mich! lachen, fangen sich, entwinden sich einander, laufen lachend voreinander davon, verstecken sich hoch oben hinter gepreßten Heuballen, such mich, tappen im Dunkeln, umfassen sich und lassen sich fallen, als eins abwärts rollen und wälzen sich lachend in den kitzelnden und stechenden Halmen, balgen, wiederholen heimliche Kinderspiele und andre und spielen alles zu Ende,
liegen endlich außer Atem, und zwischen den Wandbalken scheint immer wieder das Licht der Autoscheinwerfer herein, fährt in Streifen über das Heu, über die beiden.
– Und dann die Mäuse!
Von etwas, das leicht die Hand, ein Bein berührt, sich in den Haaren bewegt, aufgeweckt, beobachten beide,

wie eine Maus über einen Arm klettert, nicht lachen! Mäuse über sie hinwegspringen, um sie herumspringen, im Heu verschwinden, an den verschiedensten Stellen auftauchen und wieder über ihre Körper laufen wie über Gegenstände.

15

Vor dem Schmiedeisengitter sitzen alte Männer auf der niedrigen Mauer, Rücken gegen den Hof. Trinity Green, London E. 2.
Motorenlärm: der Rasenmäher (wie ruhig es sonst hier ist). Ein Bärtiger in weißem Leibchen stößt ihn vor sich her über den Rasen, legt einen Streifen dünnes Gras neben den andern, mäht eins der vier gleichen Vierecke nach dem andern. Er umfährt sorgfältig die Bäume, die an beiden Seiten des Hofs den Rasen flankieren, zur Kapelle führen, deren barocke Ziegelfassade die Anlage hinten abschließt. An den Längsseiten Ziegelhäuschen aneinandergebaut, alle gleich, mit einer Treppe vor je zwei Eingangstüren, nur die beiden mittleren Häuser sind ein wenig größer, mit weißverzierten Giebeln einander gegenüber und durch einen Weg verbunden.
Die alten Männer blicken den Fußgängern nach, die an ihnen vorbeieilen, und den Fahrzeugen auf der Mile End Road.
Ein Einbeiniger kommt auf Krücken, bleibt vor dem Gitter stehn, schaut dem Rasenmäher zu. Er beginnt zu reden, laut, wendet sich an einen, der dort sitzt, er schreit, mit einer Hand gestikulierend, schreit den Alten an, dreht sich brüsk um, sieht die Autos, sieht den Verkehr, der die breite Straße ausfüllt, ohne Unterbruch mit monotonem Lärm vorbeirasen.
Laut redend hinkt er weiter, ist aus dem Gitter.
Im frisch geschnittenen Gras von Trinity Green rollt ein kleines Mädchen.

– So wie wir in den Liege- oder Klappstühlen auf dem Treppenpodest vor unseren Haustüren sitzen, unter uns den Garten, saßen hier früher alte Kapitäne, mancher mit seiner Frau, sagt die Nachbarin, steht auf und gießt eine Topfpflanze nach der andern auf der Treppe und vor dem Haus,

– das war einmal eine Stiftung für pensionierte Seekapitäne und ihre Frauen oder Witwen.

Jetzt wohnen in den Häuschen Lehrerinnen, Sozialarbeiter und Sekretärinnen.

Eine von ihnen ist für längere Zeit verreist und hat Gregor und Anne ihre Wohnung überlassen.

In der Küche, halb Keller, und dem einzigen, mit Möbeln überfüllten Zimmer darüber, versuchen sie sich einzurichten, zu arbeiten.

Arbeiten: auf einem Klapptisch, der zugleich als Küchen- und als Eßtisch dient, bei elektrischer Beleuchtung am Tag, und in einem kleinen helleren Raum, in dem es nur ein dreibeiniges halbrundes Tischchen gibt. Und riesige schwarzgepolsterte Lehnstühle.

– Schokoladebraune, meint Gregor jetzt, sechs Stück.

Und zwei chinesische Vasen als Lampen auf wackligen Gestellen. Und verschiedene Porzellanfigürchen und zwischen Fleißigen Lieschen auf dem Fensterbrett ein elfenbeinerner Elefant.

– Nach zwei Jahren kann ich es kaum mehr glauben.

– Wir wollten doch

Sie wollten sollten den Pflanzen, wie allem, Sorge tragen, besorgt sein, daß alles bis zur Rückkehr des Fräuleins wohlbehalten und in Ordnung sei.

– Und wir wollten eigentlich arbeiten.

Gregor kommt immer wieder aus dem Untergeschoß herauf, läßt sich in einen der Sessel fallen. Die Aussicht durch die kleinen bleigefaßten Rechtecke der beiden Fenster hinaus in den Hof, auf die Bäume, den Rasen, das Haus gegenüber:

– das ist nicht mehr wahr, sagt Gregor, bevor er wieder verschwindet. Anne hört ihn unten hantieren, hört nach kurzem seine Schritte auf der Stiege, auf halbem Weg kehrt er um, dann ist eine Weile Ruhe.
Sie schiebt ein bekritzeltes Blatt beiseite, sucht ein Buch im Gestell über der Couch, ihre mitgebrachten Bücher sind bereits alle gelesen, und legt sich hin.
– Du auch! sagt Gregor, als er später ins Zimmer schaut, und legt sich zu ihr.
Draußen scheint die Sonne.

Da lacht einer:
– Beischlaf? Du verschenkst deine Themen, meine Liebe!
– Lacht nur, lacht mich aus: ich wills für mich behalten, etwas, wofür mir nur drei oder vier Wörter einfallen, nicht aussprechen, nicht auf eine der bekannten Variationen reduzieren. Nur das Unausgesprochene bleibt genau das, was es mir bedeutet.

Draußen scheint die Sonne. Das Kind rollt im Gras, vor dem Nachbarhaus links steht ein Kinderwagen, darin strampelt ein nackter Säugling, die alten Männer sitzen auf der Mauer in der Sonne, lehnen sich an die Gitterschnörkel und schauen dem Verkehr zu. Anne liegt im Liegestuhl und schaut dem Kind, dem Baby und den Alten zu.

16

Der kleine alte Mann, der Gregor vom Whitechapelmarkt ins Bethnal Green-Museum geschleppt hatte, klopft mittags an die Tür und will Gregor ein anderes Museum zeigen.

– Wollen Sie nicht hereinkommen?

Nein, er solle herauskommen. Es sei ganz in der Nähe, er wisse, daß es Gregor gefallen werde, 10 Minuten hin, ein kleines Museum, 10 Minuten her, sie seien in einer Stunde wieder zurück. Dann könne er weiterarbeiten.

Er redet sehr schnell, wie vor sich hin, wendet sich nicht direkt an Anne. In seinem schäbigen Trenchcoat steht er vor ihr, hat sich darauf eingestellt, Gregor in das Museum zu führen, er sagt, er könne warten, wenn nötig, nicht allzu lange, denn er sei selber verabredet, für den späteren Nachmittag habe er bereits eine sehr wichtige Besprechung abgemacht, die er auf keinen Fall versäumen dürfe, denn es hänge viel davon ab, das erlaube ihm gerade, in der Zwischenzeit Gregor etwas besonders Schönes zu zeigen, er kenne London, und Whitechapel vor allem, wie kein anderer, und er habe auf den ersten Blick gesehen, daß sich Gregor für diese Sachen interessiere, zu denen er ihm wie kein andrer Zugang verschaffen könne, er wisse die Öffnungszeiten der Museen, und selbst wenn eines gerade geschlossen wäre, hie und da renoviert man diese alten Gebäude, und manche sind wegen Desinteresse des Publikums geschlossen, wer weiß überhaupt von ihrer Existenz? dann wisse er, wie und wo man einen Schlüssel bekomme, Gregor solle sich beeilen, sehr lange könne er nicht warten, es treffe sich nicht so gut, daß er gerade jetzt sehr beschäftigt sei, in eine große Angelegenheit verwickelt, so daß er über

seine Zeit nicht so verfügen könne wie sonst, er wolle aber kommen, so oft wie möglich, denn es gäbe viele solcher für Gregor hochinteressante Museen.
Nein, er wolle nicht eintreten, das habe er ihr doch bereits gesagt, auch wenn es kühl ist, möchte er nicht in ihre Wohnung kommen sondern draußen warten, er warte ja jetzt schon ziemlich lange, was Gregor denn so lange mache.
Auch Anne beginnt zu frieren und ist am Ende froh, als Gregor mit dem Alten fortgeht.

Und sie erschrickt ein wenig, als der am nächsten Tag, pünktlich um 12, wieder dasteht.
Gregor will sich in kein weiteres Museum mehr führen lassen.
– Wir sind gerade beim Essen, kommen Sie bitte, lädt sie den Alten ein, energisch heute, so daß er folgt.

– Wissen Sie, wenn Sie mich nicht verstehn, Sie verstehen mich schlecht, nicht wahr, dann ist das nicht, weil Sie Ausländerin sind, auch Engländer verstehen mich schlecht, denn ich bin ein komischer kleiner alter Mann, doch doch, mir passieren komische Sachen, ich laufe in komische Situationen hinein, ungewöhnliche, unglaubliche Sachen passieren mir, die niemand glaubt. Sie werden nachher, ich werde es Ihnen trotzdem erzählen, wenn Sie mir versprechen, es nicht weiterzusagen, denn wissen Sie, es ist eine große Geschichte, es ist viel zu viel damit verkettet, als daß ich davon etwas sagen dürfte, ohne mich zu gefährden, was für ein verrückter alter Mann, werden Sie denken, wenn ich fort bin. Dabei könnte ich Ihnen beweisen, daß alles, was ich Ihnen erzähle stimmt, jedes Detail, alles was mit meinem Fall verbunden ist, die Einzelheiten der unzähligen Fälle, die mit meinem Fall zusammenhängen, beweisen sich gegenseitig, beweisen also auch meine Sache. Sie verstehn mich? Ich meine, Sie verstehen mein Englisch? Ich gebe mir Mühe, deutlich mit Ihnen zu reden. Nicht daß ich sonst Dialekt sprechen würde, Cockney, nein nur so Umgangssprache, aber ich kenne die Unterschiede, Shakespeare's Englisch könnte ich mit Ihnen sprechen, wenn Sie wollen, aber da hätten Sie Schwierigkeiten, mir zu folgen, jetzt folgen Sie mir. Doch da ich vorsichtig sein muß, Ihnen nichts verraten darf, weil ich so vieles auslassen muß, wird es für Sie noch schwieriger sein, meine Geschichte zusammenzureimen, mir zu glauben. Drum seien Sie mir auch nicht böse, daß ich gestern nicht hereinkommen wollte. Ich dachte, es sei besser so. So bringe ich Sie gar nicht erst in Gefahr, Sie wissen von nichts, und so sind Sie gar nicht gefährdet. Denn sobald man einmal in eine solche Sache hineingesehn hat, ist man im Weg, es passieren ja täglich Unfälle, ein Auto, und du bist tot.

Sie glauben es nicht? Wenn Sie's wie ich gesehn hätten: in Brighton hab ich diesen Fahrstuhl mit dem Invaliden beobachtet, der wurde von einer hübschen Krankenschwester geschoben, so hübsch, ich mußte sie immer wieder anschauen, und der Invalide döste vor sich hin, traurig, krank zu sein, und das kann man nicht spielen, das wäre wirklich gemein, um das Mitleid der Leute zu wecken, z. B. auf der Straße zu sitzen, schwarze Brille, Lumpen um die Füße, und so betteln, gemein, wird aber immer wieder gemacht, und auf einmal kam ein grellgelber Rolls Royce viel zu schnell, das ist doch keine Autobahn, konnte grade noch stoppen, der Wagen rutschte quer, ich lief, vielleicht mußte ich helfen, konnte nicht sehn, was geschehen war, Polizei eilte hinzu, wollte den Fahrer vernehmen, denk ich, der gab Gas, war das nicht? fragte die Schwester erschrocken. Ich darf keine Namen nennen. Ja, ich hatte grade Zeit

gehabt, ihn zu erkennen, natürlich, seinen gelben Wagen hatte ich schon gesehn, da wußt ich, daß ich auch den Invaliden und seine Pflegerin einmal gesehn hatte, natürlich, in Südafrika war ich ihnen flüchtig begegnet, so schnell vergeß ich nicht, zusammen mit Derrick, also konnte dieser Zusammenstoß kein Zufall sein, der war eine Warnung! Schauen Sie in die Zeitung, dort steht's, Morde, Morde, man sucht Leute und findet sie nicht, mir können Sie glauben, gestern abend wieder: schrie jemand von der Straße herauf, was denn, ich so schnell wie möglich auf den Balkon, Hilfe! jemand von nebenan, schon ganz schwach. Also über die Brüstung auf den Nachbarbalkon, die Tür offen, das Zimmer dahinter leer, auf dem Schreibtisch eine Taschenuhr, auf dem Fußboden eine Pistole. Schlimmes ahnend, öffnete ich die Tür, rief. Vorsichtig die Treppe hinunter, ein Blick in den Salon. Das Haus ist wie meins. Alles in Ordnung, nein, ein Haufen Tücher vor dem Kamin. Ich sah einen Männerstiefel unter den Tüchern hervorschauen, ein Griff, weg mit dem Zeug, da lag eine blutende Gestalt, Hände auf der Brust gefaltet, Gesicht wie Marmor, mein Gott! Lordy Brown! Polizei! Aber das Telefonkabel war durchgeschnitten. Zurück in mein Haus. Das Foto in der Zeitung, haben Sie's gesehn? Polizei war sofort dort, da war die Leiche verschwunden, ich hätte warten sollen, aber säßen Sie gerne bei einer Leiche? Man hat mit Hunden gesucht, tagelang, in der Nähe von Derricks Landhaus, bei Singleton, hab ich sie endlich gefunden. Das passiert mir.
Sie meinen die Leiche von gestern? Nein, vor zwölf Jahren, und der mir erzählte, er habe alle Schlüssel, Sie verstehn was das bedeutet? Das beste Gefängnis von England und die Polizei fand so viele Schlüssel bei ihm, 300 Gefangene hätten fliehen können. 300 Schwerverbrecher, dort sind nur Schwerverbrecher. Und einen der

gerissensten Zugräuber kenn ich, mit dem hab ich, so wie mit Ihnen, ich sitz hier, Sie mir gegenüber, so hab ich mit ihm geredet. In einem pub.
Das ist ja, was ich Ihnen sagen wollte: man geht nicht in fremde Häuser. Es gehörte sich nicht, daß ich gestern hereingekommen wäre, Ihr Mann irgendwo, ich komm herein, pack Sie am Hals, so, erwürg Sie und nehm Ihr Geld. Sie sollten aufpassen, es geschehen hier jeden Tag Raubüberfälle, man muß gar nicht viel Geld haben, woher soll der Mörder wissen, ob Sie reich sind oder arm, Reiche gehen so herum wie, schauen Sie mich an, Arme putzen sich heraus, aber darauf kommts gar nicht an, das merkt man dann erst, wenn der Mord schon getan ist, ob etwas zu holen ist oder nicht, ob es sich überhaupt gelohnt hat. Vorgestern abend konnt ich Sie nicht finden. Sie haben eine Stunde mit dem Essen auf mich gewartet? Ich hab auch ein gutes Abendessen gehabt. Niemand weiß, daß es Trinity Green gibt. Und seine Skizze war falsch, auf der andern Straßenseite hab ich gesucht, und dabei kann ich Karten lesen, bei Gott, das könnt ich Ihnen beibringen, wie man einen anständigen Straßenplan skizziert, das hab ich sogar unterrichtet, manchem mit Diplom und was immer könnt ich etwas lehren. Nicht einmal der Polizist an der nächsten Ecke hatte eine Ahnung, dabei, ein paar Schritte weiter, und ich stand hier.
Jetzt bin ich gekommen, Ihnen zu sagen, warum es gestern sechs Stunden gedauert hat. Bei dem Verkehr konnte man gar nicht schnell gehn, eins, zwei, ist man überfahren, ich seh mich vor, überquere Straßen nur, wo ein Polizist steht. Im Museum wär ich ja nur schnell durch zu den wichtigsten Sachen; daß er alles andre auch noch studieren wollte, konnt ich nicht wissen. Solche Museen gibt es noch viele.
Und dann, bleiben Sie mal drei Stunden in einem Mu-

seum, waren wir müde und sind in ein Café gegangen, ein altes gemütliches Café, und danach noch in eine Galerie am Weg. Mir hat das Zeug nicht gefallen, das waren keine Bilder, keine Komposition, nichts, und ich weiß, was Komposition ist, aber ihn hat das interessiert, er beschäftigt sich natürlich ganz mit Malerei, versteht mehr davon, ist weiter gekommen als ich. Er hat noch lange mit dem Mann, der dort in der Whitechapel Gallery saß, gesprochen, er sollte nicht mit allen Leuten reden, wirklich nicht. Dann sind wir das ganze Stück von Aldgate hierher zu Fuß gegangen. Und ich wollte Ihnen auch sagen, wer ich bin.

Anne lacht:

– Sie sind mit drei Stunden Museum gut weggekommen, gehen Sie einmal mit Gregor in die National Gallery.

Es klopft, die Nachbarin schaut zur Tür herein, betrachtet den Alten, nicht wohlwollend, bedeutet Anne herauszukommen.

– Sie sollten sich vorsehen! Sie können doch nicht mit jedermann reden. Jetzt kommt er täglich, bleibt stundenlang, Sie werden ihn nicht mehr loswerden. Wissen Sie überhaupt, wer er ist?

– Ich wollte Ihnen sagen, wer ich eigentlich bin. Setzen Sie sich. Setzen Sie sich nur wieder. Wenn Sie mich zum Abendessen einladen, bleib ich gern. Ich habe Vicky gesagt: ich hab einen getroffen, einen Freund, einen gleichen Geistes, jedenfalls gleicher Interessen, das hab ich sofort gesehn, als er auf dem Whitechapelmarkt die Negerpuppen mit den Aluminiumpistolen drunter fotografierte, wie er sorgfältig im Sucher das Bild einpeilte, hab ich beobachtet, ein Stück hinter ihm bin ich gestanden, daß er mich nicht bemerken, ich ihn nicht stören konnte, und dann hab ich ihn ins Spielzeugmuseum gebracht. Er wußte nicht, was ich vorhatte, konnte mich ja nicht verstehn, macht nichts, er wirds schon

lernen, ein Monat London, zwei, dann versteht er alles, und mich versteht man sowieso sehr schlecht, Sie sagen's, wenn Sie etwas nicht verstehn? Sie werden schon merken, ich bin ein komischer Mann.
Er schaut an sich hinunter, bemerkt, daß an seiner Jakke, wie am Mantel, die Knöpfe abgerissen sind, betrachtet seine langen schwarzen Nagelränder
– sie wachsen, ununterbrochen wachsen die Nägel, verlegen lächelt er Anne an:
– immerhin, ein Zeichen von Leben. Sie hätte mir den besseren Anzug herauslegen sollen. Ja, ich hab ihr gesagt, daß ich hier esse, sie erwartet mich heute nicht. Sie hat viel Verständnis für mich, Vicky.
Anne sieht das große Gebäude der Heilsarmee vor sich, nicht weit von hier, ein Asyl für alte Männer.
– Ich wohne in Southend und fahre jeden Tag nach London, nein, morgen komm ich nicht, und nächste Woche beginnen die Gerichtsverhandlungen, sobald der Prozeß vorbei ist, erzähl ich Ihnen alles, jetzt darf ich das nicht. Also: Southend. Das war vor 50 Jahren, daß ich geheiratet habe, eine Schönheit! Vom Land, aber sie hatte es hier, ungewöhnlich gescheit, konnte in die Zukunft sehn, Geschehnisse voraussehn. Wir hatten das kleine Haus, es geht mir wirklich gut, das ist jetzt 10 000 wert, mit dem Garten davor und dem Hof hinten, und wir waren sehr glücklich. Familie hatten wir keine, aber Katzen, auch Hunde, sie konnte es mit Tieren, und ging durchs Haus, singend, sie war ungewöhnlich, singend, wir waren zufrieden und verloren so mit der Zeit alle Freunde. Plötzlich hatten wir niemand mehr, kümmerten uns zuwenig um unsre alten Freunde, verloren einen nach dem andern.
Jetzt ist meine Frau drei Jahre tot. Ich bin immer noch nicht drüber hinweg. Sie hatte es mit den Augen, ganz dicke Brillen, nicht, daß es etwas ausgemacht hätte, sie sah

gut aus, auch mit den Gläsern. Dann ist ihr ein Auge geplatzt, fürchterlich, aber mir hats nichts ausgemacht, man konnte das kaputte Auge durch die Brille nicht sehn, und sie war schön genug. Wir hatten verschiedene Mieter, auch die kleine Frau, die jetzt das Haus übernommen hat. Und wenn ich vor ihr gewarnt wurde, ich bin doch froh drüber. Sie ist praktisch, und ich nicht. Damit Sie mich verstehn, wenn ich praktisch sage: sie hat gerne Motoren. Für ein Auto hab ich ihr Geld geborgt, und jetzt hat sie sechs. Sechs Autos. Samstag, Sonntag sind Hochzeiten, Firmungen, Konfirmationen, jedes Wochenende sind alle Wagen weg. Sie liebt Autos und fährt selber wundervoll, vermietet auch. Ein gutes Geschäft, und wenn mir jemand flüstert: paß auf, nein, sie ist eben tüchtig. Eine Frau von Format, könnte aus einer höheren Schicht sein, tatsächlich könnte sie aus jeder Klasse, auch der höchsten, stammen, sie hat Stil, Benehmen, wenn sie die Treppe herunterkommt, so, wie eine Königin bewegt sie sich, man kann sie nur bewundern, ich armer Mann von bald 80 steh unten und bewundere, liebe sie, kann gar nicht anders, lachen sie den Alten nur aus, der sich in diese Vicky verliebt, aber wie sie sich bewegt. Auftreten, das kann sie, war schließlich mal Tänzerin oder sowas, Modell, ja, er schaut die Nachbarin, die ihn von der Tür aus beobachtet, triumphierend an: Modell für Badeanzüge. Sie schaut zu allem, nicht wie meine Frau, nein, sie gibt die Wäsche aus und hat auch immer jemanden, der den Rasen mäht, wir haben doch den schönen Garten, Obstbäume, Rasen, Sie sollten das sehn, ich bin so gut dran, daß ich die 100 000 Pfund gar nicht brauchte.

Das kam nämlich so: sie geht mir hinter alle meine Sachen, liest meine Briefe, wie Frauen halt sind, neugierig. Öffnet meine Post und schaut alles an, was sie in den Schubladen findet, so ist sie einmal beim Kramen auf das Papier gestoßen. Denken Sie, was für ein Zufall, nein mehr, Glück, Gott oder wer immer das veranlaßt hat, daß ich von allen Menschen ausgerechnet auf diese, ich nenne sie Vicky, gestoßen bin, die das Papier findet und aufmerksam liest, sofort kombiniert, sie weiß eben viel, kennt viele Leute, weiß, was los ist, wie man das mit dem zusammenbringt, kennt den besten Anwalt von London, nur zum Beispiel. Ein großer Mann, Freund des Premierministers, ich frag nicht danach, wie sie ihn kennengelernt hat, auch nicht, woher sie alle andern kennt. Sie läuft mit meinem Papier, meinem Patent zu ihm, und jetzt soll ich 100 000 dafür bekommen! Stellen Sie sich das vor, 20 Pfund haben sie mir gegeben, damals, mich abgefertigt, das kann man nicht patentieren, hat die Firma mir geschrieben, vor 30 Jahren, das kann man nicht herstellen, trotzdem: hier haben Sie 20 Pfund. Fertig. Da macht man eine Erfindung, ich darf jetzt nichts Näheres sagen, aber nehmen Sie an, nein.

– Ich weiß von einem, schaltet sich die Nachbarin ein, der hatte eine Rasierklinge erfunden, die nie stumpf wurde. Man hat ihm das Patent sofort abgekauft. Und nach wie vor muß man Rasierklingen nach Gebrauch wegwerfen und neue kaufen.

– Das ist sehr gut möglich, meint er, ich glaub Ihnen diese Geschichte, weils mir gleich gegangen ist, aber sowas könnte Vicky nicht passieren. Sie kennt diesen Juristen, zeigt ihm das Papier, sie weiß auch noch Anderes, sie ist eine Frau, die ihre Augen offenhält, die zuhören kann und kombinieren. Jetzt hat sie diesen enormen Prozeß angezettelt. Phantastisch, mein Patent ist davon nur ein ganz kleiner, freilich wichtiger Teil, unzählige andere Sachen sind bei den Nachforschungen an den Tag gekommen. Man hat sechs Männer verhaftet, sie in Südafrika aufgespürt und nach England gebracht, sicherheitshalber eingesteckt. Sechs Männer, die warten. Wehe mir, wenn sie je wieder freikommen. Warten Sie bis Ende nächster Woche. Wenns mir nicht ergeht wie Lordy Brown! Mittwoch fangen die Verhandlungen im Old Bailey an, dort behandelt man nur die ganz großen Fälle, der Premier wird erscheinen, und ich muß als Zeuge aussagen, wie Lordy Brown, der auch Zeuge gewesen wäre.

– Wie heißen Sie eigentlich? Und wenn Sie uns sagen, um welchen Prozeß es sich handelt, fragt die Nachbarin, dann könnten wir die Zeitungsberichte verfolgen.

– Das ist es ja, ich darf noch nicht über den Fall reden, darf Ihnen noch keine Namen nennen, Brown ja, denn der ist schon erledigt.

100 000 Pfund, für mich ganz allein. Auch mit 50 000 werd ich nicht wissen was machen, denn die Hälfte werd ich ihr geben. Ohne sie hätt ich ja gar nichts. 30 Jahre ist das Papier in der Schublade gelegen, bis die kleine gescheite Frau es gefunden hat. Sie sollte nicht in meinen Sachen kramen, meinen Sie? Natürlich nicht. Das ist, was mancher mir schon gesagt hat: du bist den ganzen Tag weg und siehst nicht, was hier vorgeht. Sie weiß, warum sie dich Tag für Tag nach London schickt! Freilich, sie braucht viel. Viel mehr als ich, was sollte ich denn noch brauchen? Sie ist extravagant. Liebt Motoren, fährt zu schnell, ist immer sehr gut angezogen, eine hübsch angezogene hübsche Frau, gibt die Wäsche aus, läßt die Autos waschen, den Rasen mähen, soll sie brauchen, soviel sie will. Und dann gedeiht bei ihr alles, wer macht aus einem Wagen sechs? Alles was sie anfaßt wird etwas. Drum ist auch aus meinem Papier jetzt was geworden. Jemand andrer hätte es liegen lassen. Schnell durchgelesen, gedacht, das ist verjährt, zurückgelegt. Nicht sie, sie weiß gleich, da steckt mehr dahinter. Eine Erfindung ist entweder nichts oder mehr als 20 Pfund

wert, da hat er sich wieder mal reinlegen lassen. Sie kennt mich, man kennt sich nach drei Jahren Zusammenleben, und vorher war sie bereits einige Zeit im Haus. Ich werde nie vergessen, wie gut sie zu meiner Frau war. Als niemand kommen wollte, der Doktor sagte, nichts zu machen.

Eine gelähmte Frau ist schwer, schauen Sie mich an, wie sollte ich sie denn heben. Gewaschen, frisiert, an- und ausgezogen, gefüttert, ihr die Schüssel untergeschoben, was ich tun konnte, hab ich getan, aber sie allein aus dem Bett heben, das ging nicht. Sie können ein Knie nicht mehr einbiegen, das Bein nicht heben, eine Hälfte des Körpers nicht mehr bewegen, weder Ihr rechtes Auge öffnen noch die rechte Mundseite verziehen, dann vergeht Ihnen das Lachen. Vicky war am Schluß die Letzte, die uns geblieben war. Nicht, daß meine Frau unfreundlich zu irgendjemandem gewesen wäre, nein, alle hatten sie gern. Aber sie hielt Abstand, machte keine Freunde. War freundlich, aber das war alles, kam niemandem entgegen. Sie konnte sehr gut zuhören, ohne am Gespräch teilzunehmen, nicht, weil sie in Südafrika Schwierigkeiten mit der Sprache hatte, gar nicht, sie saß da, hörte zu, bald verstand sie alles, so intelligent war sie. Sie wußte auch gleich, warum sie mich dorthin versetzt hatten, eine ausgefallene Idee, jemanden ans andere Ende der Welt zu schicken. Das kostet doch was, einen mit seiner Frau von England nach Südafrika zu schicken. Für mich war das ein Aufstieg, Karriere, hat mich damals nur gefreut. Sie hat nichts gesagt, wollte mir doch die Freude nicht verderben, erst später warnte sie mich vor den Leuten. Sie konnte beobachten, mißtrauisch von Anfang an, hat sie auch bald gemerkt, daß das keine Karriere war, daß sie mich abgeschoben hatten, um mich los zu sein. Immer noch billiger als 100 000 Pfund für mein

Patent. Weil sie die Sprache viel schneller erlernt hatte als ich, konnte sie auch besser verstehen, was sie sagten, niemand sah sich vor, keiner ahnte, daß sie alles verstand, wenn sie was sagte, dann nur englisch, auch immer freundlich, daß niemand Verdacht schöpfte.
So mißtrauisch darf man nicht sein, dachte ich, endlich was Neues, eine neue Umgebung, neue Arbeit, neue Menschen, warum jeden so unter die Lupe nehmen, wie sie es tut, das kann man in diesem Land eben nicht. Eine gemischte Gesellschaft, gut. Sie war da anders. Zum Beispiel Mr. Derrick, der gefiel ihr nicht, paß auf, sagte sie, aber warum denn? Vielleicht weil es ihr hier nicht gefällt, weil sie Heimweh hat, nein, sagte sie. Und Lordy, damals hieß er noch anders, mochte sie auch nicht, denk an mich! Ich hab Ihnen ja gesagt, daß sie in die Zukunft sehen konnte, wußte, was passieren würde, genau, so wie es jetzt geschieht, du wirst noch an mich denken. Wie recht sie hatte. Das kommt davon, weil du zuviel liest. Früher hatte ich keine Zeit zum Lesen, aber jetzt, das hab ich von ihr übernommen, les ich auch. Ich hab ihr das ausreden wollen, Phantasie, Aberglauben, das bildest du dir alles nur ein, und jetzt schauen Sie! Derrick heißt übrigens auch nicht mehr Derrick. Haben Sie eine Uhr? Um 10 Uhr fährt mein letzter Zug!
– Beeilen Sie sich, sagt die Nachbarin, um 10 Uhr wird das Heilsarmeeheim geschlossen!
– Zum Teufel! denkt Anne.
– So? sagt er, was geht mich das an.

17

Ein Spielplatz zwischen den Docks an der Themse: dort sitzen, wie Vögel auf dem Draht, auf einer Schaukel sechs Pakistanerkinder. Die Mutter in weiß und gelbem Sari trägt ein siebentes auf dem Arm. Sie schaut ihren Mann an: ob die Kinder fotografiert werden dürfen? Der stellt sich selber hinter den Schaukelbalken, hält ihn in der Waage:
neun ernste Gesichter blicken ins Objektiv.

Anne sucht in ihrem Taschenkalender, nicht doch, in dem roten von 71
– weißt du wo der sein könnte? In der Schachtel mit alten Briefen, nein, in Gregors Atelier nicht, im Fach bei den Karten, Adressen? Wo ist Mohammeds Adresse, wenn sie nicht im Adreßbuch steht?
Hier: M. Hussain, 60. Langdal Mans., Wicker St., London E. 1

Er ist Möbeltischler.

– Maler können hier gut leben: ich hab einen Freund, der malt auch, der verkauft seine Sachen sehr gut, am Sonntag auf dem Markt. Du mietest einen Stand an der Petitcoat Lane, gar nicht teuer. Ich hab einen, für Pelze und andre Sachen, ja nur sonntags. Komm doch Sonntag früh, gegenüber Aldgate East, Du siehst's dann schon.

Mohammed Hussain lebt seit sechs Jahren in London, alle Kinder, bis auf das größte, sind hier geboren. Aber nur der Vater und die beiden Ältesten, die in die Schule gehen, können Englisch.

– Ihr sucht eine billige Wohnung? Kommt zu uns, da stehn fünf Wohnungen leer. Als Weiße bekommt ihr sofort was.

Langdal Mansion: ein viktorianischer Mietsblock, der aussieht wie eine Festung, »gotisch«.
Bei der Ankunft werden Gregor und Anne, noch auf der Straße, von dunkelhäutigen Männern umringt, die aufgeregt, laut in der eigenen Sprache über ihre Köpfe hinweg verhandeln. Mohammed redet ruhig, scheint zu erklären, manches übersetzt er. Seine Älteste, ein etwa siebenjähriges Mädchen, wird endlich mit Anne in das Gebäude geschickt, das Anne bekannt vorkommt und doch sogleich jede Erinnerung überbietet.
Durch Gänge, deren Wände mit obszönen Sgraffitti vollgekritzelt und verschmiert sind, geht die Kleine in ihrem gelben Kleid Anne voraus, öffnet bald eine Wohnungstür mit aufgebrochenem Schloß und zeigt in einen verdreckten Raum:
– hier ist frei! so als zeige sie auf eine Herrlichkeit. Sie führt Anne weiter, Stiegen hinunter, es stinkt, nein, das ist kein Traum. Sie gehen durch eine feuchte Kellerwohnung, das Kind zeigt stolz:
– hier ist frei, drei Zimmer, schau, und gegenüber, über den Hof stehn noch zwei gleiche Wohnungen leer!
Zugluft treibt dreckiges Papier, Zeitungen über den Innenhof. Und einige dunkle Buben spielen laut lachend Fußball mit einer Blechbüchse. Lumpen, kaputte Flaschen und Kacke: ein Müllagerplatz umgeben von hohen braunschwarzen Mauern, Wäscheleinen auf verschiedenen Stockwerken in verschiedenen Richtungen gespannt, daran flattert vielfarbige Wäsche. Aus den Fenstern beobachten von allen Seiten Neugierige, wer da kommt. Das Mädchen lacht hinauf, ruft in ihrer Sprache, stellt seine neue Freundin vor, und Anne getraut sich nicht mehr zu sagen, daß sie hier nicht bleiben wird.
Mit zurückgehaltenem Atem folgt sie treppauf zur Abwartswohnung. Eine verschlafen aussehende Frau öffnet die Tür.

– Sie will mit deinem Mann sprechen, sagt die Kleine, wegen einer Wohnung.
– Mit meinem Vater, berichtigt die Frau, läßt das Pakistanerkind stehn und schiebt Anne (die bemerkt, daß diese Frau nicht verschlafen, sondern krank ist und noch jung, höchstens 18, auf den ersten Blick schien sie doch doppelt so alt) durch die Tür, schließt die Tür.
– Na und, Sie wünschen? Eine Männerstimme: eine Wohnung? Daß ich nicht lache! Wo wir versuchen, das Haus zu räumen, das Pack loszuwerden, so schnell wie möglich!
Und als Anne umkehren will,
– Sie sind allein?
Nun ans Dunkel gewöhnt, kann sie ihn in seinem Lehnstuhl hinten im Zimmer erkennen, und er zwinkert ihr zu, als wär doch was zu machen, wenn sie wollte, trotz allem.
– Nein. Sie schaut, wie sie hier hinauskommt, schnell. Das Kind vor der Tür hat alles gehört. Es rennt nun voraus, Stiege hinunter, durch den Hof, Stiege hinauf, an Kothaufen und durch die Gänge, an bepißten Ecken vorbei zurück, allein hätte Anne den Ausgang nicht leicht gefunden, hinaus, berichtet weinend der Gruppe Männer, die noch um den Vater und um Gregor versammelt sind, was ihnen bevorsteht.

Mohammed begleitet Gregor und Anne auf dem Heimweg. Sie gehen durch die Commercial Road, fast täglich treffen sie auf die Commercial Road, dann an den Wellblechwänden der Jubilee Street entlang.
– Hier hätten wir gerne gewohnt, sagt Gregor.
– Jubilee Street wird abgerissen. Ein Stück weiter sind Türen und Fensteröffnungen der Häuser einer Straßenseite mit Wellblech vernagelt, einzelne Häuser der anderen Seite noch bewohnt.

Im Dunst stehen Türme, weit weg, rotblitzend reflektieren unzählige Fenster die Sonne, die von hier aus nicht mehr zu sehen ist.
An verschiedenen Stellen haben Kinder die Blechzäune aufgebrochen und spielen lärmend auf den Schutthaufen.
– Sorry, sagt Mohammed und breitet die Arme aus.
– Hier sind wir, Gregor zeigt über die Mile End Road, dort, auf der anderen Seite, und wenn wir in dieser Gegend nichts finden können, ziehen wir nächste Woche nach Kentishtown.

18

– Wenn ihr so weitermacht: euch in der Untergrundbahn zu den verlottertsten Leuten setzt, euch von Wildfremden in Unterhaltungen verwickeln laßt
– wenn wir Sonderlinge zum Essen einladen, sagt Anne
– und uns von Unbekannten an unbekannte Orte führen lassen: Gregor lachend
– können wir hier bald ein Asyl eröffnen, meint die Nachbarin.
– Lacht nur, plötzlich lacht ihr nicht mehr, warnt Will: und Leute wie diesen zerlumpten Alten bringt mir bitte nicht in die Ryland Road.
– Er ist ein liebenswürdiger alter Mann, sagt Anne.

– Sie hatten natürlich recht, meint Gregor jetzt. Und Anne:
– Erinnere Dich an unsre Bekannte von der Prince of Wales Road.
– Die uns täglich entgegenkam, uns den Weg abschnitt und ein Gespräch anfing, ob wir Lust und Zeit dazu hatten oder nicht. Und als wir dann die Prince of Wales Road mieden, versuchten, auf Umwegen zur Ryland Road, in unser Zimmer bei Will zu gelangen
– stand sie eines Tages hinter mir an der Kasse im Coop
– oder sie erwartete uns an einer Haltestelle in einem anderen Stadtteil, blickte uns triumphierend entgegen.
– Kein Tag, an dem wir ihr nicht irgendwo irgendwann begegnet wären.
– Am Ende ist mir das Lachen wirklich vergangen.

– ...wenn ich Sie jetzt aber umbringe, ha, sind Sie erschrocken und Sie haben allen Grund dazu: ich ermorde Sie, hier, jetzt gleich, und mir ist geholfen. Alles, was ich Ihnen erzählt habe, hat damit ein Ende. Wir, ich und Sie, haben etwas zustande gebracht. Wie Sie mich anstarren! Endlich glauben Sie mir, jetzt merken Sie, daß es mir ernst ist, daß ich Recht habe, wie Sie befürchtet hatten, Sie haben Angst, haha. Ich sehe und ich rieche Ihre Angst: ich war nicht umsonst Krankenschwester, meine Liebe, mir entgeht so leicht nichts, mir kann man nichts vormachen!

Da haben Sie geglaubt, Sie könnten mir einfach zuhören: man bleibt stehn, wenn eine ältere Frau einen auf der Straße anhält, und hört höflich zu, wenn sie erzählt, man ist nett zu ihr, man geht auf sie ein: aha, aber, jene die Macht und Gewalt haben, wer ist denn das, wen meinen Sie? Man sucht zu beschwichtigen, zu beruhigen, möchte gern hilfreich sein: haben Sie denn keine Familie, die sich um Sie kümmert? keine Freunde, an die Sie sich wenden, Kolleginnen, Mitarbeiter, die Sie um Rat und Hilfe angehen könnten, einen Hausarzt, der Sie kennt? Ha, Sie wissen ganz genau, wie man allein ist, daß dann niemand helfen kann, daß auch Sie mir nicht so einfach helfen könnten, selbst wenn Sie wollten. Das sieht man Ihnen doch an, daß Sie wissen, wie mir ist, daß meine Angst auch Ihre Angst ist, obwohl ich einen Namen dafür habe, und Sie nicht. Und Sie glauben, Sie könnten mich täuschen, mich mit ein paar Sätzen loswerden und weitergehn mit Ihrer alten, heimlichen Befürchtung, die ich aufgeweckt habe, fortgehn, neinnein meine Liebe, das geht nun nicht mehr!

Jetzt *müssen* Sie mich retten! mich vor jenen, welche die Macht und die Gewalt haben, beschützen, vor jenen, die jederzeit, überall versuchen, mich in ihre Gewalt zu bekommen, die mich immer bespitzeln, auch in diesem

Moment, hier, die alles über mich notiert haben und weiter notieren, die
aber nachher hat ja alles ein Ende. Die Leute, die einen Bogen um mich machen, die von dieser auf die andre Straßenseite wechseln, sobald sie mich von weitem sehen, werden angelaufen kommen, werden uns umringen, eine Menge wird sich um uns drängeln, alle werden versuchen, uns, mich zu sehen, sie werden mich fassen, haha, werden mich festhalten, die gleichen, die sonst vor mir davonlaufen, werden mich losreißen von Ihnen, mich festnehmen, umringt von immer mehr Neugierigen, Autos werden anhalten, ja wir werden den ganzen Verkehr stoppen, bis die Ambulanz, die Polizei mit ihren Sirenen sich Platz machen, bei uns vorfahren, und dann werden Sie in den einen Wagen, ich in den andern geschleppt und fortgeführt werden. Und, nein, Sie werden das nicht mehr sehen, wie sich dann alle um mich bemühen werden. Die gleichen, die jetzt schneller gehen, wenn ich nur guten Morgen sage, werden mir dann stundenlang zuhören, sich mir voll Interesse zuwenden, mich untersuchen, Beweggründe suchen, mir zum Reden zureden. Haha, die werden was zu hören bekommen! Da werd ich kein Blatt vor den Mund nehmen, den Vormund und alles werd ich Ihnen an den Kopf werfen, meinen Vormund, meinen Betreuer, ihr Mitleid, ihren Abscheu, ihre Gleichgültigkeit werd ich ihnen zurückgeben, die sollen nur fressen, was sie mir vorgesetzt haben!
Schade, daß Sie nicht sehen werden, wie jene, welche die Macht und die Gewalt haben, keine Macht mehr über mich haben werden, auch wenn sie meinen, mich endlich in ihrer Gewalt zu haben   halt halt   warten Sie, ich bin noch lange nicht zu Ende so warten Sie doch, ich bin noch nicht so weit   halt

oder nein, laufen Sie nur   laufen Sie laufen Sie

aber schnell sonst kommen Sie nicht weit bald ist morgen morgen sehen wir uns ja wieder alles weitere auf später, meine Liebe ich weiß Sie zu finden morgen auf der Prince of Wales Road oder im COOP an der Kentishtown Road wir kommen zum Ende wenn nicht übermorgen so Sonntag oder Montag und ich weiß wie wenn nicht so, dann anders: ich war Krankenschwester, meine Liebe, ich kenne alle möglichen Tode ich weiß genau, wo ich Sie suchen muß und ich werde Sie an der Ryland Road besuchen auf bald, meine Liebe!

19

– Hier, meine Lieben, die Nachbarin bittet die beiden in ihrem Wohnzimmer auf dem Sofa Platz zu nehmen. Nice to see you again. Das gleiche kleine Zimmer, die gleichen bleigefaßten Fenster, die gleiche Küche, wie sie bewohnt hatten, anders möbliert. Auf dem Flügel steht ein Projektionsapparat, den sich die Nachbarin mit einiger Mühe ausgeliehen hat, von Freunden, die am andern Ende der Stadt wohnen, sagt sie, eineinhalb Stunden Fahrt mit der Untergrundbahn, eineinhalb Stunden zurück. Neben dem Apparat liegen Schachteln voll Diapositive.

– Und wofür ist dieser Stab?

– Damit zeigt sie auf Einzelheiten, weiß Mary Jane, die Freundin der Nachbarin, die schon seit einiger Zeit gewartet und bei den Vorbereitungen, dem Abhängen der Bilder, Befestigen des Leintuchs an der hinteren Wand, oder dem Suchen eines Verlängerungskabels geholfen hat.

– Wir kommen nur zum Tee, sagt Gregor.

– Wie ich! Ich kenne diese Bilder, Aufnahmen, wie man sie auf Ferienreisen macht, seufzt Mary Jane, als die Nachbarin gerade das Zimmer verläßt.

– So ein Leben ist langweilig! Wieder seufzt sie, wenn ich wenigstens schön wäre, einigermaßen schön, gesund und rund und zwanzig!

– Sonst wünschen Sie sich nichts? lacht Anne.

– Lach nicht! sagt Gregor. Wenn Sie so wären, wie Sie es sich wünschen, was täten Sie dann?

Mary Jane lacht und umarmt die Luft, als wollte sie alles umarmen.

– Einmal waren Sie zwanzig, sagt Gregor.

– Ach, meint sie, wir wollen lieber etwas anderes reden.

Ich habe diese Dias bereits mehrmals gesehen, wir wollen lieber etwas anderes unternehmen.

Sie entführt die beiden, die Nachbarin kommt, ihre Strickjacke über dem Arm, nachgelaufen. Mary Jane führt sie durch schlechtbeleuchtete Gassen zu einem Tummelplatz, einem Vergnügungsviertel, das sie gut zu kennen scheint.

Das sei was Anderes! Hier würden sie was erleben, hierher bringe sie ihre Freunde und Bekannten, hier verbringe sie ihre leeren Abende und Nächte! erklärt sie mit leuchtenden Augen.

– Hast du ihr Augenmake-up gesehn? staunt Gregor.

Mary Jane faßt Anne an einer und Gregor mit der andern Hand und zieht sie durchs Gedränge an den Ständen vorbei zum Riesenrad, DREAMLAND'S Lampen grellweiß gelb rot blau grün bestrahlen BIG CIRCUS SIDE SHOW Buden und Leute, *she's* FAT, *she's* AWFUL FAT

– *Coney Island ist das Schönste, jolly Trixy*, IT TAKES SEVEN MEN TO HUG HER!

– Aber nein, das ist's doch nicht!

– Who knows?

– Das Schönste, was du dir denken kannst!

– Komm komm!

Familien mit zahlreichen gleichgekleideten Kindern, Schmetterlingsschleifen im Haar, sich an den Händen haltend im Gänsemarsch, *Hello Kiddies*, das ist doch nichts für euch! Dicht zusammengedrängt auf den Wegen zwischen halbhohen Steinmauern schieben sie sich von einer der Vergnügungen WORLD'S GREATEST zur andern LIVING CURIOSITY.

Vor ihnen versperrt ein Knäuel Menschen den Durchgang, drängen sich die Leute um ein Rondell. Zwei ergreifen ein Kind, ist das ein Kind? ein ausgewachsenes

Mädchen, heben es hoch und stellen es auf eine Kiste. Es verdeckt sein Gesicht, man zieht ihm die Hände weg, zeig dich, verwirrt fährt es sich durch die Haare, verfängt sich mit den Fingern in der großen Masche, reißt sie auf, daß ihm die Bänder in die Stirn, über die Augen fallen.
– Dummes Ding!
– Schau, die ist halbschlau!
– Blöde!
– Sing was, sag was! Los!
Das Kind auf der Kiste stellt einen Fuß vor, als wolle es fortgehen, nimmt ihn schnell zurück, seufzt, und, indem es über die Köpfe, die es umringen, über die niedrigen Budendächer hinweg und hinüber zu den dunklen Fassaden blickt, sagt es deutlich aber leise seinen Spruch.
– Hast du das Mädchen verstanden? fragt Gregor.
– Wir standen zu weit entfernt.
– Ein einfaches, ein wenig naives Gedicht, sagt jemand neben ihnen. Sie versuchen, sich aus dem Getümmel zu drücken.

– Hunger? fragt Mary Jane, als der Trubel nachgelassen hat, und führt sie in ein Gebiet, wo es etwas zu essen gibt.
Verschiedene Apparate sind dort zur allgemeinen Belustigung aufgestellt, eine Art Füttermaschinen. Eine davon ist ein umgebauter Geflügelgrill.
– Siehst du, das waren die Stangen und Klammern zum Drehen der Hähnchen, jetzt sind sie so eingerichtet, daß man in diese verschiedenen Drahtkörbe, hier, siehst du, Kartoffelsalat und ähnliches einfüllen kann. Und auch die anderen Maschinen sind mit Vegetarischem beladen, das mit großer Geschwindigkeit in die andrängenden Menschen verfüttert wird.

Kleine Schaufelräder werfen löffelweise Speise in offene Münder.

– Probier's! Nein, du mußt doch den Mund öffnen, so, iß, iß!

Schlucken Lachen Würgen Rülpsen Schreien Speien

dazu in verschiedenen Rhythmen die tickenden und klatschenden Geräusche der Maschinen.

Aus einem großen grünen Gebäude, halb Kongreßhaus, halb Kurpavillon, tönt Musik.

– Der altmodische giftgrüne Pavillon vor dem Museum in Ostende, erinnert Gregor, wir hatten uns Ensor angesehen, und als wir auf den Platz traten, blies die Kapelle den letzten Takt eines Marsches, die Musiker packten die Instrumente in ihre schwarzen Schachteln, einer nach dem andern kamen sie in ihren Uniformen, mit vom Blasen noch roten Gesichtern unter den Kappen, die paar Stufen herunter, Ensorfiguren, und entfernten sich in verschiedene Richtungen, verloren sich zwischen den geparkten Autos auf dem Platz oder verschwanden in den verschiedenen Straßen und Gassen.

Aus dem grünen Haus tönt Musik, eine Symphonie wird in immer neuen Ansätzen eingeübt. Anne lehnt sich an die Wand, müde, sie hört zu, singt lautlos mit, diese Musik, die sie auswendig kennt. Die Leute spazieren vor ihr und verschwimmen, sie schließt die Augen, möchte schlafen, Andante, Largo, Schluß, die Musiker proben nochmals den Schluß, nochmal den Schluß

wo sind die andern?

Drüben an der Einzäunung steht ein Heilsarmeesoldat, den könnte sie fragen. Doch die Wege führen in viele Richtungen, wie soll der Mann wissen, wohin Gregor gegangen ist?

Anne läuft um das Gebäude herum, sie will rufen. Was für ein unsinniges Unterfangen, in dieser Menge nach einem zu rufen! Eine Gruppe Heilsarmisten kommt eine Treppe herauf ihr entgegen. Auf den Schulterklappen des ersten liest Anne »Šternberk«, aufgestickt, und traut ihren Augen nicht, liest nochmals, ruft erfreut: Sternberg?
– Šternberk, bejaht laut und bestimmt einer der Soldaten und schaut sie an, als wolle er sagen:
– na und, was geht dich das an, woher wir kommen?
Nichts mehr. In Annes Freude dringt langsam Enttäuschung ein: alle Wörter, die sie einmal wußte, vor langem, sind ihr abhanden gekommen, kein einziges, nicht einmal ein Gruß fällt ihr ein, es ist zu spät, sie wird sich nie mehr verständigen können, sprachlos, mit einem Schmerz im Hals steht sie da und sieht, wie die Leute lachend und unverständlich redend an ihr vorbeigehen.

Ein Stück weiter ein Miniaturblumenmarkt: die Holzgestelle der Marktstände, groß genug für Liliputaner, behängt von oben bis zum Boden mit künstlichen Blumen. Transparent und farbig wie saures Zuckerzeug, süß rosa Nelken, gelblachsfarbene Rosen, himmelbau, eisblaugrün durchsichtige Glockenblumen, gläserne Astern, Margeriten, lila und frühlingsgrasgrün, die klingen wie zerbrechende Eiszapfen, wenn man sie berührt.
Zwischen den Blumenständen spazieren kleine Kinder, tippen mit Fingerspitzen neugierig an Rosen, knicken lachend violette Plastikrispen, drücken ihre Nasen in parfümierte Blumen, stupfen sich gegenseitig in das wächserne Blattwerk, daß die Buden aus Kletterpflanzen wanken, Glasblüten zittern, der Liliputaner drin im Stand verneinend seinen Kopf schüttelt.
– Geht, bitte!

Büschel abgerissener Blüten halten sie ihm vors traurige Gesicht und pfeifen.
– So werdet ihr mir alles zuschanden machen, ihr werdet mich und meine Familie zugrunde richten!
– Ja, zuschanden! zugrunde! schreien zwischen Zweigen hervor Liliputaner: wie seit je!
Pfeifend schlendern die Kinder durch den Markt, einzeln, zu zweit und in Horden plündern sie einen Stand nach dem andern, singend:
– je, je, zu Gefallen, fallen, wie seit je! und fallen über die Verkäufer her.
– Das gefällt euch, das wollt ihr? protestieren in allen Blumenständen die Inhaber hilflos, kleiner als Kinder, laßt das doch sein, bitte!
Mit abwehrenden Armbewegungen versuchen sie, die Eindringlinge von sich, wenigstens von ihren Körpern, abzuhalten
– bitte, weg, fort, fort!
Vergebens. Probieren es anders, versuchen Dienstwilligkeit, Unterwerfung:
– hier, zu Willen, zu Gefallen: Glocken oder Nelken, geschenkt, was wollt ihr? Oder Zuckerblumen oder Gummilutscher, bitte, wollt ihr türkischen Honig oder Zuckerstengel mit bunten Spiralen, bitte, oder wollt ihr, daß der rote Himmel gelb, daß der Schnee lila wird und euch schmeckt?

Jahrmarktmusik als Begleitung: eine Nadel, die tief im Innern rundum kratzt, denselben Rhythmus dieselbe Melodie, immer dasselbe, nichts Neues.
Liliputaner, die kaum so alt sind wie sie scheinen, mit unförmigen Köpfen, wo man Zwerge erwartet hatte, eine Enttäuschung. Runzlige Ehepaare in Kartonhäusern zwischen bürgerlichen Miniaturmöbeln. Und alte Kinder verkaufen Würste. Gelblockige kleine Fräulein in den Marktständen.

20

Weit weg ein Liliputaner allein am Webstuhl in einem Schaufenster. Geh schnell vorbei, daß du ihn nicht anschauen mußt!

Jeden Morgen kommt er den gleichen Weg wie die Kinder, die zur Schule gehn, in entgegengesetzter Richtung, vorgeneigt, mit weitausholenden Schritten, die Aktenmappe unter den Arm geklemmt, einen gespannten Ausdruck auf dem Gesicht, als wäre er bemüht, gegen Widerstände etwas so gut wie möglich zu erledigen. Er scheint ein Beamter eher als ein Arbeiter. Im Geschäft zieht er seinen Überrock aus, der wahrscheinlich maßgeschneidert ist, wirft die extra für ihn genähte braune Heinzelmännchenkutte über, bindet sich die dicke Kordel um den Bauch, öffnet dann den Vorhang zwischen Laden und Schaufenster und klettert mit Hilfe der Verkäuferin hinauf in die Auslage.
– Was erzählst du da. War die Kutte nicht grau? Sie werden ihm doch keine Kapuzinertracht angezogen haben.
Er setzt sich im Schaufenster an den Handwebstuhl und beginnt, nachdem er die Schiffchen zurechtgelegt, das gestern gewebte Stück Seide kontrolliert hat, zu arbeiten.
– Für ihn ist das eine angenehme Abwechslung, als Heinzelmännchen zu weben, erhöht, von allen bestaunt.
– Kommt! Schaut! Der ist lebendig!
– Wirklich, eine gute Idee
die überall Anklang findet. Er wird von einer Filiale in die andere, von einem Ort in den nächsten geschickt. In etwa 40 größeren Städten besitzt die Firma eigene Verkaufsstellen.

– Selbst wenn es ihm am Anfang unangenehm gewesen wäre, ausgestellt zu sein
– aber auf so einen Gedanken kommt niemand
– wahrscheinlich nicht einmal er selbst, warum auch, mit der Zeit, nach zehn, fünfzehn Schaufenstern, gewöhnt man sich an so etwas, hat auch er sich, hättest du dich dran gewöhnt.
– Zu Willen, zu Gefallen!
Die Aussicht auf neue Plätze, in dieser Stadt ist es der Ring, in der nächsten der Kirch-, in der nächsten der Haupt- oder der Marktplatz, die Leute, die Wagen, die Autos darauf: eine willkommene Unterbrechung der eintönigen Arbeit in der Weberei.
– Er wirkt aber gar nicht wie ein Weber.
– Die Gehaltzulage ist ihm willkommen.
Und kaum fängt er zu weben an, bleiben die Fußgänger auf dem Gehsteig vor der Auslage stehn
– schau, wie flink seine Hände, seine Finger
– so runzlige alte Hände
– wie schnell, ruck ruck sein Kopf
– Riesenkopf!
– bei jedem Anschlag nach rückwärts fällt
– du! du verlierst noch deinen Kürbis!
– Also zum sich Verlieben is der ja nicht!
– Eher zum Fürchten.
– Jetzt hat er die Kapuze ins Gesicht gezogen.
Von überall her kommen Leute gelaufen und sammeln sich vor dem Weber an.
– Die abwehrende Bewegung gegen die Gaffer
diese wiederholte, kurze Handbewegung gegen die Kindergesichter direkt neben ihm an die Scheibe gedrückt
– das wird ein alter Tick von ihm sein.
– Es ist unmöglich, sich in einen Liliputaner hineinzudenken.

Von der andern Seite des Platzes her gesehen, ist er noch zu erkennen, die vorgeneigte Haltung, das regelmäßige Zucken des Kopfes

– nein, der angestrengte Ausdruck nicht mehr

er ist noch kleiner, der kleine Mann, für den ich mich schäme, wie ich mich vielleicht schon für den schäme, der die Idee hatte, einen Liliputaner zu seinen Zwecken auszustellen, und auch für den, der es zuläßt, daß dieser sich, als Zwerg verkleidet, und doch nicht das, was Kinder sich unter einem Zwerg vorstellen, ins Schaufenster setzt.

– Daß du dich solcher Sachen wegen schämst, ist deine Sache.

– Du kennst Liliputaner nicht.

21

Anne steht am Fenster und wartet. Worauf? Wart einmal: auf jemanden, oder auf das Zeichen von jemandem, einen Brief, einen Telefonanruf, einen Besuch.
Jetzt kommt der Postbote, bringt einen Brief, und sie dreht den Brief mehrmals um und liest den Absender, die Stadt, die Straße, wo ist nur diese Straße genau, die ist doch, und diese Hausnummer, die muß ziemlich weit oben sein, wenn die Straße, die sie sich denkt, wirklich die richtige ist, das wäre wichtig zu wissen, nur vergißt sie zu schnell, nach einem Jahr weiß sie noch Namen, erinnert sich an Straßen, aber nicht, welcher Name zu welcher Straße gehört, und das zu wissen, würde erlauben, sich jetzt den Absender vorzustellen, wie er morgens aus dem Haus mit dieser Nummer herauskommt, diese Straße hinuntergeht bis zum Postkasten dort an der Ecke, diesen Brief einwirft, den sie jetzt öffnen und lesen sollte, der ist nicht zum Anschauen geschrieben worden, den sie jetzt öffnet und liest, wieder liest
sie steht da, den Brief in der Hand, und wartet.

Ein Arbeiter in gelbem Regenschutz geht unten durch den Garten.

Das Geräusch der Baumaschinen. Hier wie in London. Ununterbrochen Lärm von 6 bis 12, von 1 bis 6. In Abständen, immer wieder unerwartet, erschreckend, das Krachen einer einstürzenden Hausfront, hohl von der Wand des Nachbarhauses reflektiert. Laden und Leeren der Baggerschaufel. Sich die Ohren zuzuhalten, würde nichts nützen.

Die Fensterscheiben, der Fußboden vibrieren, die Möbel vibrieren hörbar, der ganze Raum zittert, der eigene Atem, die eigenen Bewegungen gleichen sich, wider Willen, dem Lärm an.
– Warum gehst du nicht hinüber und schaust zu?
Zwischen die Baumäste, vor die Berge schiebt sich ein menningroter Kran, wird, langsam, gekreuzt von einem kupferoxydfarbenen.
– Auch wenn du nicht sehen willst, was vorgeht, oder nur das, was dir gefällt, nimmt das andere trotzdem und immer weiter seinen Lauf, meinst du, du könntest etwas verhindern, indem du es ignorierst? sagt Gregor.

Anne sieht, wie der Arbeiter durch die Gartenbeete stapft.
– Vorsicht, Blumen!
– Scusi signora!
Lastwagen, hoch mit Baumaterial beladen, knicken die Zweige ab, die die Nachbarfassade verdeckt hatten.
– Geh doch mal hinüber und schau zu!
Die alte Küche steht, steht fast noch. Sie wird an der vorderen, zur Straße gelegenen Seite abgerissen. Die Mauern sind über einen Meter dick und erstaunlich stabil, wo man doch erwartet hatte, das Gewölbe würde eines Tages, bald, noch zu Lebzeiten des alten Besitzers, über ihm einstürzen, (während er seine Suppe kocht, nicht schnell, staunend könnte er zusehn, wie sich eine Beule in der Decke bildet, sieht aus wie ein Bauch, über dem Herd, sich senkt, bevor es ihn, Suppe, Küchenmobiliar und Geschirr verschüttet, unter sich begräbt).
Aber der Nachbar ist in hohem Alter eines natürlichen Todes gestorben, überlebte seine Frau um gut fünfzehn Jahre, und jetzt hat der Bauunternehmer, der im Auftrag des Sohnes das alte Haus abreißt, seine Not mit diesem Gewölbe, das dick und fest dem Abbruch widersteht. Noch nicht ein Viertel davon liegt nach langem Ansturm

auf dem Boden, der Rest sticht dunkel, eine von Piranesis Ruinen, gegen den Himmel.
Dahinter die Speisekammer, das gleiche Gewölbe, im Winkel in das der Küche gemauert, einen etwa sechs Meter langen dicken schwarzen Baum der Länge nach unter die Wölbung verstemmt, ein Balken oben verzahnt
– wie ein Schwertfischmaul
und beidseitig daran, als wären es die abgebrochenen Äste eines Tannenstamms, kürzere Stäbe, um Schinken und Würste aufzuhängen.
– Du siehst jetzt, daß Tonnengewölbe nicht auf den Schmalseiten, den halbrunden Frontwänden abgestützt wurden, sondern sich selbst tragen, siehst du, jetzt, wenn die abgerissen werden, steht das Gewölbe wie ein Tunnel, erklärt Gregor.
– Du könntest dir den Balken aus der Speisekammer holen.
– Was soll ich damit?
– Die Dachbalken, die Heustall- und Bodenbretter, alles Bauholz, Türen und Fensterläden sind als Brennholz ausgeschrieben.
– Wer heizt noch mit Holz?

Sie rammen die Längswände, da fällt alles in sich zusammen. Am Ende ging es doch schnell. Weg.
Der Bagger schaufelt den Schutt auf, lädt ihn auf den ersten der in einer Reihe wartenden Lastwagen. Der Verkehr stockt, Hupen, die Autokolonne ist kilometerlang, Hupen, als würde so das Verladen beschleunigt, ein Schutthaufen auf der Straße, eine Barrikade, die weggeräumt werden muß, hupende Autos stehen bis ans Ende des langen Dorfes, eine Kolonne auf der Landstraße.
Der Baggerführer macht lachend Zeichen: so geduldet euch doch!

22

Auf einem Flachdach tut sie irgend was?
Weiß doch nicht. Weiß auch nicht, ob sie allein ist, oder ja, vielleicht ist Gregor bei ihr, wie meist, was wäre sie ohne ihn? Vielleicht gießt sie die Pelargonien in den Holzkübeln.
– Jetzt sagst du »vielleicht«, ungewiß, immer wieder vielleicht. Ein Wort, das du mir früher angekreidet hast, bemerkt Gregor.
– Hier nennt man Pelargonien Geranien.
Vielleicht liegt sie im Liegestuhl und versucht zu lesen, oder geht auf dem Dach hin und her und denkt nach. Denkt was? Nichts, fast nichts: zuunterst im Haus der Kunz-Laden, ein dunkler, langer Schlauch, in dem es nach gemahlenen Nelken riecht, überall hat der Kunz seinen Lebensmittelladen, hier, auch dort, das ist nun eins, die Rechnung wäre längst zu bezahlen. Womit? Oder: was koch ich heut abend? Und bei der Vorstellung gebratene Polenta, nach der Gemüsesuppe, tritt sie an den Dachrand, schaut hinunter und hinüber zur Stadtpfarrkirche. Die ist dem heiligen Borromäus geweiht, nein, dem Bartholomäus, spätes Barock.
– Warst du mal drin?
Sie kann sich nicht erinnern. Holzskulpturen und Bilder von Thaddäus Supper.
– Mag sein.
– Zu wievielen Barockkirchen bist du gereist? Die steht vor deiner Nase.
– 1757, das ist ziemlich spät.
Provinz, Provinz. Und vor Anne das Schloß, halb versteckt von den Parkbäumen:
– es gibt schönere Schlösser.

– Das hättest du nicht sagen müssen, hier kommts auf Schönheit nicht an.
Ein mit dunkelgrauem, überall abbröckelndem Besenwurf verputztes Schloß hinter einigen verstaubten Linden hinter dem riesigen Platz mit dem geschwungenen Brunnen in der Mitte und, schräg gegen das Schloß zu, der Pestsäule.
– Kannst du dich an den Sebastian erinnern?
Natürlich, dem ist sie treu geblieben. Wer waren die anderen Heiligen? Antonius, vielleicht Barbara?
– Kommst du den Heiligen endlich auf die Schliche?
Über dem Schloßdach ein großer Teich und ein kleiner Teich, das Flachdach auf dem Badehäuschen, eine Badegesellschaft: wetten wir, du springst, einen doppelten Salto vom Dach, und ich
– paß auf! Geh zurück, das ist ein Dach über, wer weiß, sieben oder acht Stockwerken!
Auf der oberen Platzseite, der Marktplatz fällt gegen die Kirche ab, auf der Seite vis-à-vis der Kirche, neben dem Rathaus
– dessen Fassade inzwischen zu völliger Stillosigkeit renoviert wurde, alle Profile abgeschlagen!
– Das trifft dich? Du wirst diesen Platz nie wiedersehen.
– Phantomschmerzen.
Dort neben dem Rathaus, wo Mlle. Nicolet wohnte: (Attention! il ne faut pas confondre fraichir et franchir. Franchir, ça veut dire: überqueren, tandis que fraichir: und sie greift nach einem großen Glas voll dicker saurer Milch vor sich auf dem Tisch zwischen Büchern, Heften und einem französischen Blumenquartett.) Aus dem Haus der Französischlehrerin, an dem Seiltänzer ihr Seil befestigt hatten und aus einem Fenster im obersten Stock erschienen, franchissaient en balançant le seuil entre bâtiment et ciel, um grell beleuchtet über den Stadtplatz zu schweben, ist ein Hochhaus geworden.
Der Bau ist noch nicht beendet. Auf den unteren Umgän-

gen des Gerüsts hantieren unzählige Arbeiter, mit dem Verputz und anderem beschäftigt, aber zuoberst, so scheint es, wird bereits abmontiert. Ständer, Tragbalken, Planken und Verstrebungen werden auseinandergeschraubt, Bretter, Stangen lösen sich, brechen ab und fallen, dort auch
– ein Mensch!
stürzt mit ausgestreckten Armen, schwarz, klein, das ist weit weg, wirbelt mit Holz durch die Luft

– Aber vielleicht war es doch einer der Akrobaten, vielleicht, man kann von hier aus nicht den ganzen Platz übersehn, hoffentlich ist dort ein Netz gespannt.
– Beruhige dich, die Arbeit geht drüben weiter, als wäre nichts geschehn, drum ist wohl auch nichts geschehn.

Auf dem sehr hohen Dach des Neubaus, bedeutend höher als Annes Standpunkt, läuft, der Vibration nach zu schließen, die das ganze Gebäude und alle anstoßenden Häuser erschüttert, rhythmisch Baustaub und Schutt in Wölkchen aufstößt, eine Maschine.
Und nun sieht Anne, wie vor den Wolken über dem Dach langsam eine Lokomotive auftaucht, (zur Beförderung von Baumaterial?) von hinten her wie zögernd angefahren kommt, auf die Vorderkante des Daches zu, das wird gefährlich, und, im letzten Moment, hält.
Beruhigt setzt Anne ihre frühere Tätigkeit fort, gießt vielleicht die Kübelpflanzen und beachtet nicht mehr, was drüben vorgeht.
Bis, warum hat Anne gerade jetzt den Kopf gewendet, die Lokomotive von neuem ankommt, sie wird beizeiten stoppen, ist am Rand, die Vorderräder genau auf der Kante, rollen noch ein Stück weit vor, man sieht die Maschinerie auf der Unterseite, Radachse Getriebe gleiten ab und unter die Dachkante, der schwere Maschinenkörper rutscht nach schiebt sich schräg abwärts vor in die Luft bekommt Über-

gewicht kippt zieht einen Waggon nach sich einen zweiten dritten vierten sich überschlagend Schienen mitreißend stürzt alles in die Tiefe

lautlos wirbelt Staub herauf fliegen Ziegel Stücke der zerschmetterten Bahn Gerüstbalken Gleise

23

– Dort, schau, das Begräbnis! Der schwarze Zug, der vom Kirchplatz heraufkommt.
– Leute Leute und Fahnen und Musik. Der Lokomotivführer oder der Bauarbeiter oder wer wird begraben?
– Es wird ein alter Würdenträger zu Grabe getragen!
– Mach dich klein, laß mich schaun, geh ein bisl auf die Seite, sonst, so geh schon, duck dich, sonst seh ich nichts!
– Seid ihr verwandt mit ihm?
– Geh weg!
– Seid stolz auf ihn, ihr solltet stolz sein auf ihn.
– Der Bundesvater
– ja und Mitglied des Herrenhauses
– nobel nobel
– und der Urheber des Mährischen Ausgleichs!
– Wenn er das noch miterleben könnte!
– Sein eigenes Begräbnis?
– Diesen Aufmarsch
– du meinst, das zu sehn würd ihn freun?
– Den Anschluß zu erleben!
– Den hat er ja grad noch mitbekommen.
– Glaubst du, daß er das realisiert hat?
– War er denn krank oder ist er ganz plötzlich gestorben?
– Ich weiß nicht, der war doch uralt.
– 83, so alt ist das auch wieder nicht.
– Abgeordneter des mährischen Landtages
– in Olmütz
– Verteidiger unserer Rechte
– hier an diesem Brennpunkt des Volkstumskampfes
– no der wird doch jetzt zuend sein!
– Mein Gott, was heißt das? Volkstumskampf.

– Das weißt du nicht?
– Der Volkstumskampf ist allen, die im Binnenland und nicht an bedrohten Sprachgrenzen leben, kein Begriff.
– Früher hats sowas gar nicht gegeben.
– Wann: früher?
– Vor der französischen Revolution, so vor 100, vor 90 Jahren.
– Revolutionen kannst du nicht rückgängig machen.
– Unter Volkstumskampf kann zweierlei verstanden werden
– hört hört!
– Der redt wie gedruckt
– für was is er Lehrer
– einmal das Bestreben eines Volkes, ein anderes zu verdrängen, oder zu assimilieren, und zum andern das Bemühen des bedrohten Volkes
– und jetzt! wer ist jetzt bedroht?
– Schweig!
– Du bist verrückt
– das Bemühen des bedrohten Volkes, seine Wohnsitze, seine Stellung und Bedeutung zu behaupten.
(Klatschen)
– Aufhören! Das ist doch eine Beerdigung!
– Er war führend auf Seiten der Deutschen in ihrem Behauptungswillen.
– Aber Herr Lehrer, auf schulischem Gebiet hat sich der Wettstreit zwischen Tschechen und Deutschen ganz vorteilhaft für die Entwicklung der Stadt ausgewirkt.
– Ja er war Mitbegründer der deutschen Gewerbeschule
– 1897 war das
– 1894 hatten die Tschechen schon ihr Gymnasium
– Saupack!
– Sie gründeten auch eine Landwirtschaftsschule
– die Deutschen gründeten daraufhin die Haushaltungsschule

– unser »Deutsches Mädchenheim«
– er war Mitbegründer
– die tschechische Volksschule wurde dann ausgebaut und durch eine Knabenbürgerschule erweitert
– werden wir schaun, was jetzt passiert.
– Jetzt werden sie sich ducken müssen!
– Verschwunden sind sie. Schau dich um, du siehst keinen Tschechen mehr.
– Glaubst du, wir müssen weiter Tschechisch lernen?
– Wofür?
– Schon 1886 gründete er
– zur Abwehr tschechischer Angriffe
– den Nordmährerbund, den er mit nie ermüdender Tatkraft leitete.
– Franz Joseph wollte ihn mit einem Orden auszeichnen
– und ihn in den Adelsstand erheben
– aber er hat abgelehnt.
– Sowas!
– Der Stolz unserer Stadt
– der ganzen Gegend!
– Mährens größter und treuester Sohn!
– Schloß die Augen eine Woche nach dem Anschluß an Deutschland
– Amen
– und wird nun zu Grabe getragen.
– Die Fahnen, schau, dahinter marschiert der Turnverein.
– Wenn er das sehen könnt.
– Eine machtvolle Kundgebung!
– Die ganze Stadt, die Bevölkerung der ganzen Umgebung
– Delegationen aus dem ganzen Land
– sag doch Gau
– Abgeordnete der Partei und der Regierung geben ihm das Geleit, erweisen ihm die letzte Ehre.

– Das möcht ihn freun: Fahnen, dahinter marschiert wieder ein Verein, Fahnen Verein und alle die Leut auf dem Trottoir

– und die Leute, die aus den Fenstern hängen

– und die auf den Bäumen

– rück ein bisl, duck dich, man kann gar nichts sehn

– wo die ganze Schule sich auf dem Platz drängelt!

– Ich will was sehn!

– Kletter auf die Pestsäule, komm, da, gib mir die Hand, so zieh dich, zieh, no halt dich doch dort am Fuß, wofür steht er denn da, trau dich, trau dich nur, der is ja aus Stein, wofür wär sonst ein Heiliger noch gut!

– Nicht der, komm hierher!

– Nein, was macht die nur, das geht doch nicht

– siehst du denn nicht, wer das ist? so schau doch mal hinauf, an wem du dich hochziehst

– jetzt hängt sie um seine Knie, baumelt mit ihren Füßen, da, da jetzt, stell den Fuß hinauf auf die Brüstung, aber nicht dort, rutsch herüber, der dort sticht!

– So eine Idee, von allen Heiligen sucht sie sich gerade den

– ausgerechnet den heiligen Sebastian!

– Der will nicht

– paß auf, der sticht dich

– das wird mir ein Vergnügen sein, den Sebastian zu umarmen!

– Es gibt doch glättere, bessere zum Umarmen

– schau her, so: so macht mans

– da schau dir die Mizzi an, die sitzt oben auf den Schultern von einem

– du, wie heißt der?

– Is mir egal

– die Arme um seinen Kopf, hält sich an seinen grauen Locken, die kann's, von der kannst du was lernen

– küß ihn auf den Mund

– Steinmund Steinbacke Steinaug
– so macht man's, mach's nach, vielleicht kannst du an seinen Pfeilen raufklettern
– laß sie, sie hat Angst, ihm wehzutun, die liebt ihn doch, ihren Sebastian!

24

Mr. Ellis schloß die Fenster, verschloß beide Türen des Zimmers, in dem er die Nachrichten von BBC hörte.
Die russischen Truppen in Oberschlesien.
Ein lebensgefährlicher Sport in einem Haus voll schlesischer Flüchtlinge, in dem die Zimmer mit Sprechrohren verbunden sind.

An den genauen Wortlaut der Nachrichten, an die Ortsnamen, kann Anne sich nicht mehr erinnern, nur: *Die Russen kommen täglich näher,* langsam, so sagen die deutschen Nachrichten; laut BBC: schnell.
Abhören von Feindsendern: die Anzeige wird, gottlob, zu spät erfolgen.
– Es geht nicht mehr lange, und dann gehts zurück, meint eine Frau aus der Gegend von Breslau, zurück nach Breslau.
Die deutschen Nachrichten tönen immer noch optimistisch.

In Mr. Ellis Anwesenheit wird nur in seiner Sprache, Englisch, gesprochen.
– Dazu ist er hier, sagt Lea.
Und nur, oder fast nur von seiner Sprache gesprochen.
Jedes Gespräch, das versucht, sich von diesem Thema zu entfernen,
– wir sollten jetzt, solange wir noch Zeit haben, fort
– fliehen!
– aber wohin?
kann er, wo immer es ihm beliebt, bei jedem Satz zurückbringen:
– we should leave now!
er korrigiert die Aussprache, oder:

– if we would now: habe ich nicht noch und noch erklärt, und immer wieder verwechselst du should und would, und er fügt eine Reihe Beispiele an.
Es gibt Sätze der BBC, die diese Regel bestätigen.

Die Frauen und Mädchen, die ihn umgeben, sind bemüht, so gut wie möglich, so schön wie möglich Englisch zu sprechen, es ihm recht zu machen, um, wenn möglich, eins seiner seltenen Komplimente zu ernten. Da er sehr leise spricht, und nicht nur, wenn es sich um verbotene Nachrichten handelt, hören alle mit gespanntester Aufmerksamkeit zu, den Blick an seinen Lippen wie Taubstumme, und die Freude, ihn überhaupt gehört und verstanden zu haben, läßt sie über den Inhalt des Gesagten hinweghören.
– Was hat er eben gesagt? fragt Lea (12jährige Tochter des Hauses).
– Er hat gar nichts zu sagen, sagt ihre Schwester Anne (15), er weiß nur, was er gehört hat.
– Frag ihn nach den Nachrichten.
– The news, please, Mr. Ellis!
Er wiederholt die letzten deutschen Nachrichten.
– No, the BBC news, flüstert Anne.
– Shut up!

Mr. Ellis, kaum angekommen in einem der Dienstmädchenzimmer, vielleicht Gastzimmer, das man für den Hauslehrer hergerichtet hat, oder auch, wenn er privat für drei vier Tage verreist, in einem billigen Hotelzimmer, zieht als erstes seine Straßenschuhe aus (gefälliges Modell, weiches, schwarzes Leder) und staubt sie mit einem eigens dafür eingepackten Tuch ab, stellt sie neben die Tür (innen) auf eine Zeitung, schlüpft in Pantoffeln, die er aus ihrem Etui genommen hat, hebt nun den zuoberst im Koffer liegenden Schlafrock auf, schüttelt ihn in Form und hängt ihn über den Bügel am Türhaken, stellt das Reisenécessaire, daneben die Kleiderbürste auf das Glastablar des Lavabos, Zahnbürste kopfaufwärts ins Glas, packt zwei Haarbürsten, echte Borsten, aus, hängt den hanfenen Massagehandschuh, gibts hier einen Haken? auf, dann versorgt er Anzug, Hemden, Unterwäsche, Taschentücher und Kravatten im Schrank und legt den Pyjama schräg aufs Bett. Im Koffer, unter einem Handtuch, bleiben Jasmin und Playboy, oder was in den 40er Jahren Jasmin und Playboy entsprochen hätte. Auf dem Nachttisch liegt Somerset Maugham.

Mr. Ellis, der sich selber mit verschiedenen kleinen Wohltaten vergütet, was andre ihm nicht zuliebe tun, was das Leben ihm an Gutem vorenthält, kleidet sich mit Sorgfalt:
in Taille geschnittenes dünnes Hemd, Ton in Ton gemustert, dunkler Anzug, ziemlich teuer, die Hose ein wenig eng. Er pflegt sein Gewand, trägt ihm Sorge (häufiges Bürsten), stets ist er makellos rein, aber, gut, daß er selbst es nicht merkt, es gelingt ihm nicht, elegant zu wirken.

Mr. Ellis spaziert im Garten. Vor den Unterrichtsstunden, zwischen den Stunden, es gibt Tageszeiten, da sind alle im Haus oder in der Schule beschäftigt. Morgens vor allem hat selten jemand Zeit und Lust, englisch zu sprechen. Oder am späten Nachmittag geht er die Gartenwege auf und ab, als würde er studieren, denken. Nun geht er etwas schneller, verliert sich bald im Birkenwäldchen, taucht zuhinterst im Garten auf, betrachtet die Frühlingsblumen, die farbigen Polster im Alpinum, einmal sieht man ihn am andern Ende unter blühenden Kirschbäumen, dann inspiziert er Reihen von Salatsämlingen, probiert die ersten Radieschen drüben im Gemüsegarten, verschwindet hinter den Haselsträu-

chern, da kommt er durch den noch nicht ganz dichten Tunnel der Kastanienallee, jetzt schneller, oder wirkt das zu geschäftig? Er schlendert unter den Fenstern vorbei zur Sitzgruppe unter der Linde, wo er Platz nimmt, vom Haus her gut sichtbar, ein kleines Buch aus der Rocktasche zieht und zu lesen beginnt.
Vom obersten Balkongeländer winkt eine Hand. Und
– u u ! ganz hoch ganz leise ruft jemand: uu, uu!
– Schau dir das an, flüstert Lea: die winkt mit ihrem Büstenhalter.
– Pst, Anne schüttelt den Kopf, paß auf!
Mr. Ellis blickt von seiner Lektüre auf und betrachtet den nackten Oberkörper, der sich über das Geländer hebt, sich vorbeugt, die großen hellen Brüste.
– Die spinnt, sagt Lea
– und dabei ist der Kerl doch so zniecht! meint Anne.

– Was heißt zniecht? Kannst du mir das übersetzen? Mr. Ellis schüttelt Anne an den Schultern: was heißt das, zniecht?
– Kann ich nicht übersetzen, schauen Sie doch im Wörterbuch nach!

Die Russen können, wenn es so weitergeht, laut BBC, in 10 Tagen hier sein.

Er flüstert:
– wetten wir: du springst vom Dach, und ich
– gerade oder Kopfsprung? fragt Anne.
– Salto. Das Badehaus ist hoch genug für einen Salto. Und das Wasser ist nicht mehr sehr kalt. Du hast doch nicht etwa Angst? So hoch ist es ja auch wieder nicht!
– Ohne Sprungbrett
– du mußt nur ganz schnell machen: vom hinteren

Kabinenfenster aufs Dach, ich werde dir helfen, nur nicht oben herumstehn bis du Angst kriegst, und dich alle sehn. Anlauf und sofort springen!

– Um was hat er mit dir gewettet? fragt Gregor.

– Um nichts, ich hatte vergessen zu fragen.

– Und dann?

– Hat man mich bewußtlos aus dem Schwimmbecken gezogen.

Mr. Ellis sitzt da und schweigt. Der Kreis Damen um ihn versucht ein Gespräch

– vielleicht sollte man Russisch lernen

er lächelt verhalten

– dafür ists jetzt doch zuspät

als würde er, was die andern reden, zu behaupten wagen, bezweifeln

– es ist nie zu spät

als oberflächlich von sich weisen. Er sitzt zwischen ihnen, geistesabwesend

– Breslau ist hin

laß die doch reden, als denke er etwas Wichtigerem nach.

– Wofür jetzt noch Englisch?

Oder er fixiert. Sein Blick streicht von einer zur anderen, vom Kleid, von der Bluse zu den Lippen der jungen Frau, die gerade redet, zu den Lippen der Antwortenden, fällt auf ihr Kleid, steigt hinauf zu den Augen, wechselt zu anderen Augen, eigenartigen: grüngrau-gelb, zur Stupsnase nebenan, zu grünen Augen, bei denen bleibt er, kommt nach jedem kurzen, durch das Gespräch nötigen Abwenden wieder zu ihnen zurück. Er schaut zu, wie sie zwinkern, wie sein Gegenüber bald ein wenig den Mund verzieht, zu lächeln, ihn anzulachen versucht, später, wie nebenbei, kurz den Kopf schüttelt, die Stirn runzelt.

– Wofür jetzt Englisch?
Sie will etwas sagen
– Tschechisch sollte man können
sich wie vorher am Gespräch beteiligen
– ihr wolltet doch nach
mitten im Satz wird sie leiser
– Amerika
nimmt zurück, was sie sagen wollte
– aber wie kommt man
das versickert, noch nicht zu Ende, niemand merkt es. Unter dem andauernden Blick in ihre Augen wird sie unruhig, will, indem sie sich anders setzt, entfliehen, senkt dann ihre Augen und während sie sich angeschaut fühlt, betrachtet sie, wie etwas Unbekanntes, ihren Rock, und wie sich die lackierten Zehennägel in ihren Sandalen bewegen, oder beobachtet, wie die Schuhe der anderen auf dem Boden einen sich ständig verändernden Kreis bilden.

Eine der Frauen ist Mr. Ellis gewachsen, die schaut zurück, durchschaut ihn.
– The lady with the fish-eyes?
– Yes, sir.
Nein, sagt ihr schneller Blick, pariert seine gefräßigen Augen, beurteilt: vom glattglänzenden Haar über sein weiches Gesicht, den kleinen Mund, die ganze Gestalt im anliegenden Hemd und der engen Hose bis zu den modischen Schuhen, verurteilt: ein Herr bist du nicht.
– Mean lady with the fish-eyes!

Hoffen wir, daß wir noch ein wenig Zeit haben.

– Wetten wir, du springst nicht, Lea! ruft er, nachdem er sich versichert hat, daß niemand in der Nähe ist,
– ich weiß, du springst nicht, vorsichtig, wie ich dich

kenne, und zu feig, auch nur aus dem ersten Stock zu springen!

Und während das Kind aufs Balkongeländer klettert:

– ich wette, daß du es nicht tust! entfernt er sich lachend, um dann auf den Schrei hin als Letzter zu Hilfe zu eilen.

– Und dann? Was ist aus Mr. Ellis geworden? fragt Gregor.

– Verschwunden. Eines Tages war er fort. Auch viele andere. Wer konnte, ist davongelaufen, oder hatte sich versteckt. Hohenstadt war nun Zábřeh, eine tschechische Stadt, kaum ein Deutscher war mehr zu sehen.

– Woran denkst du? fragt Gregor.

– Das mag ich nicht, gefragt werden: woran denkst du? woran hast du gedacht? So würd ich nie fragen.

– Trotzdem: an was hast du gerade gedacht?

– An die Schaufenster, sagt Anne, mit den plakatgroßen Fotografien von Konzentrationslagern: an das Entsetzen.

Doch diese Bilder wurden für viele zum Signal für neue Greuel, Aufforderung, das Gleiche zu tun. Und wer das Pech hatte, aus einem deutschen Lager an unseren Ort zurückzukommen, dem konnte es passieren, daß er als Deutschsprechender, als Kapitalist, direkt in ein russisches, dann in ein tschechisches Lager kam, die Mißhandlungen miteinander vergleichen konnte.

– Vergiß das!

– Vergessen, was immer weitergeht? Mit 16 Jahren, nach dem Krieg, hab ich Dickens' »Tale of Two Cities« gelesen, als ich dachte, was ich gesehen, erlebt hatte, sei ein einmaliger Wahnsinn gewesen, nun wäre endlich alles vorbei.

Aber da saß Mme. Défarge schon seit hundert Jahren und zählte strickend Köpfe. Nein, Wahnsinn ist ansteckend, das Grauen war immer schon da, setzt sich fort: die gleichen Leute, oder Leute gleicher Art, verfolgten, verfolgen neue Feinde, und nebenher einige der gleichen Feinde wie vorher, wie je. Hörst du sie? *Volkstumskampf, Klassenkampf, Rassenhaß, Rassenliebe, Klassenliebe, Klassenhaß, Revanche*

– Reg dich doch nicht auf!

Manchmal hab ich Angst, irrsinnig zu werden.

Sie läuft durchs Dorf. Aus einem Stall, aus dem oberen, offenen Flügel der zweigeteilten Stalltür schaut ein Pferd, Kopf und Hals eines hellen Haflingers, das mit einem Satz heraus auf die Straße springt, ihr nach, sie verfolgt, Anne rennt durch enge Gassen, es schnappt nach ihr, beißt sie in die Hand, verbeißt sich, läßt nicht los, und während sie rennt, um Hilfe, nach einem Arzt schreit, schaut es sie mit einem eigentümlichen, ein wenig vorwurfsvollen Ausdruck an:

– solche Angst vor dem Tod?

Das Roß sieht zu, wie sie die Bläschen, die sich um den Biß bilden, ihre verschwollene, verfärbte Hand untersucht. Und kein Arzt in der Nähe. Ihre wachsende Ungeduld:

– wenn das Tollwut wäre?

Da wiehert das Pferd laut, lacht, sie merkt erst jetzt, wem es ähnlich sieht, das ist die Tollwut, weiß sie.

25

Ein Spalt im Deckenbalken sieht aus wie
wenn es möglich wäre, wenn es mir gelänge, etwas zu erfassen, auch nur den hundertsten Teil von etwas, oder den tausendsten. Fassen? Etwas angehen, sich zu nähern versuchen, etwas, das ich vor mir sehe, nein, nicht wirklich sehe, sondern merke, oder in etwa spüre, besser: vermute oder ahne, das zu fassen versuchen, in den Griff zu bekommen, nicht so gewalttätig, aber es aufscheinen zu lassen, sichtbar, hörbar zu machen.
Doch immer wieder geschieht das Gleiche: es entfernt sich, sobald ich versuche, ihm näher zu kommen, erfasse ich ausnahmsweise ein wenig davon, entzieht es sich, meine ich, es dargestellt zu haben, ist es entschwunden, hat an seiner Stelle etwas anderes hinterlassen, etwa in der Art dieses Wortes ›entziehen‹, (wie könnte, was nicht bewußt handelt, sich entziehen?) und so alles verfälscht.
Ach was.
Was sieht man nicht alles: den Haarriß im Verputz, das Spinnennetz, immer noch, die Titel der Bücher oben auf dem Gestell.
Ein Griff, blind, nach dem nächsten Buch, ich sollte

Stapel von Zeitungen, Wochenzeitungen und alle Tageszeitungen der vergangenen Wochen
– gib sie mir, und weg damit!
– Es war Verschiedenes dabei, was man lesen sollte.
– Wirf wenigstens die Reklame weg!
Rechnungen, Mahnungen und Sammlungen: Pro Infirmis, Pro Juventute, Rot Kreuz

– die sammeln doch von Tür zu Tür
eine Serie Mund- und Fußgemaltes, Blumenzwiebel-, Mode-, Schuh-, Haushaltsgeräte-, Bücher-, Sprach- und Schreibmaschinenkurs-, Wurst- und Fleischwaren- und Ausstellungsprospekte, Kunst- und Warenhauskataloge, Das Angebot der Woche seit Wochen, vermischt mit Kirchen-, Kino- und Theaterprogrammen, Briefen, auch Stantons Brief, unbeantwortet, Ansichtskarten mit Grüßen aus den Herbst- und Osterferien und mit Badestränden, und die amtlichen Mitteilungen.
Stapel, die von Tag zu Tag höher werden.
Mit den Wochen, den Monaten, die vergehen, immer mehr Stapel.
Fast wie bei Capaul.

Das schnell vor Anne und Gregor hinkende Mädchen, sie müssen fast laufen, um ihm nachzukommen, zeigt nach vorn in die Gasse zwischen Bauernhäusern, die klaffende Mauerrisse aufweisen und, die ganze untere Reihe, gefährlich hangabwärts lehnen.
Beim vorletzten Haus angekommen, ruft es etwas Unverständliches und stellt sich gleichzeitig vor die Haustür, verstellt den Eintritt.
– Was ist, Anina? ruft Capaul von drinnen und kommt, viel später, verschlafen zur Tür: was ist? Ach so, als er Gregor und Anne erkennt, kommen Sie! Er legt seinen Arm um Aninas Schulter und zieht sie zur Seite.
Während er Stapel Zeitungen von zwei Stühlen räumt, sie auf Papierstapel auf dem Boden legt, um Platz zum Sitzen zu machen, betrachten sie das alte Täfer.
– Finden Sie nicht auch, daß es Anina schon viel besser geht, daß sie viel besser gehen kann? Wir machen Fortschritte, wir beiden! Er setzt die etwa 16jährige auf ihr

Bett, nachdem er das Federbett aufgeschüttelt und die Kissen glattgestrichen hat. Anne und Gregor bestätigen den Fortschritt.
Anina sitzt zwischen zwei Federbergen, vor einem der beiden kleinen Fenster bewegt sie den Kopf hin und her vor der Aussicht auf einen leuchtendgrünen terrassierten Hang.
– Und sie kann jetzt auch schon recht gut sprechen, sich verständlich ausdrücken, wenn wir allein sind wenigstens, nur nicht vor Anderen. Anina schaut ihren Vater an, mit der einen Hand vor dem Gesicht schirmt sie die Besucher ab.
Capaul rafft Decken und Lumpen von der Ofenbank, wirft sie durch die offenstehende Küchentür, ich sollte, schließt die Tür. Anne und Gregor bewundern die geschnitzten Deckenbalken.
– Renaissance, erklärt Capaul.
Durch das zweite Fenster sehen sie hinunter ins Tal und die gegenüberliegende Hangseite hinauf bis zur grauen Silhouette.
– Ich werde sie nie weglassen. Niemand darf mich zwingen, sie in ein Heim zu tun. Er betrachtet alles Papier, die Zeitungen, Kalender und Bücher AUFRÄUMEN, die sich hier seit Monaten angesammelt haben AUFRÄUMEN MACHT SPASS, Tisch und Boden und alle Fenstersimse bedecken.
– Die können drohen wie sie wollen, sie war noch nie weg von zu Haus, keinen Tag, jeden Sommer sind wir hier und im Winter unten im Dorf, TÄGLICH MIT ANINA LERNEN sie fühlt sich wohl hier, was Anina? Sie lacht ihn an.
– Die können mich nicht zwingen, wofür war ich Lehrer, und jeder kann sehen, wie sie Fortschritte macht, das merkt man doch, das merken Sie doch auch?

Sie haben also meinen Brief bekommen. Gut, gehn wir hinüber den Kasten anschaun. Passen Sie auf im Dunkeln, daß Sie sich nicht an den Stützbalken anschlagen, ich muß immer wieder überall neue Verstrebungen anbringen, sonst stürzt das Haus ein. Ich bin sicher, der Kasten wird Ihnen gefallen, sagt Capaul.

Vom Fenster, weg von der schönen Aussicht, zum Bett, ein Griff nach der Zeitung oder nach dem Buch neben dem Radio, nur keine Musik jetzt, mit dem Griff eines Süchtigen, wo war ich: *über der rasenden Flut drehten und krümmten sich ungeheure Gestalten, die der flammende Himmel auseinanderriß und die,* zum Lesen gezwungen, obwohl, wär er doch Lehrer geblieben. Läßt sich leicht sagen. Niemand hat ihn gezwungen, aber etwas hat ihn doch zu diesem Leben gezwungen. Der Vater, der konnte noch beides, Lehrer und Bauer sein, ich frag mich wie, *und die sich in der Finsterniß wieder umarmten.* Lehrer dürfen, sollen lesen, *da war nichts mehr von den lichten Gesetzen und den schönen Maßen der Erde.* Na und, ich bin ja Lehrer, nein war, wo war ich? *Das war eine Welt der Willkür, des Trotzes, der Auflehnung*

immer wieder Gedanken kann nicht einmal mehr lesen das und das muß ich dann tun AUSMISTEN und AUFRÄUMEN sollt ich jetzt unbedingt STÜTZBALKEN IM GANG dringend und zwar jetzt zuerst noch MELKEN das hab ich mir doch vorgenommen SCHAFE SCHEREN gestern abend mir geschworen HEUSTALL REPARIEREN immer abends nachts schwör ich von morgen an wirklich früh der Lehrer hat seinen Stundenplan Kunststück mit der Glocke jede Stunde und die andern Kollegen müssen ja auch so wie er und

die Kinder sitzen und warten der Stundenplan hält ihn hält ihn an von morgen früh an will ich das DACH FLICKEN und KÜCHE KALKEN wenn jemand von der Vormundschaftsbehörde in die Küche käme und STALL KALKEN und regelmäßig von morgen ab zuverlässig täglich MIT ANINA LERNEN einige Stunden adiö Malmort es müssen ja gar nicht so viele Stunden sein in einer in zwei drei Stunden erreicht man viel KRAFTFUTTER BESTELLEN in regelmäßig wiederholten gut zwei Arbeitsstunden nach dem System des Intervalltrainings etwa Doktor fragen ob Aninas Hüfte mit Intervalltraining nicht zu helfen wäre aber wer schaut dann dazu daß sie's wirklich regelmäßig macht: ich ich? der schaut ins Wartezimmer und da sitzen sie warten daß er sie drannimmt viele vielleicht mit Schmerzen schauen ihn an erwartungsvoll er muß nur einen nach dem andern drannehmen zwischen zwei Patienten würd ich ein wenig lesen: *ließ sich den ganzen Sturz und Stoß auf die Brust prallen und brüllte vor Wonne* nicht lang er hört sie jammern mit den Füßen scharren meine Tiere ja auch und lange warten lassen kann man sie nicht wenn sie Hunger haben.
Mit Intervalltraining erreicht man was, mit einem ähnlichen System, selbst wenn man Umwege einrechnet, würde man, wenn man soviel Energie, das heißt nur das bißchen Energie für den ersten Anstoß, den Schritt vom Fenster, der schönen Aussicht auf meine Wiesen KUNSTDÜNGER BESTELLEN aber was nützt der, wenn ich ihn nicht ausstreue, der Schritt vom Fenster zum Tisch, oder vom Bett und Conrad Ferdinand, als Lehrer wärs ein Verdienst zu lesen, also den Schritt zum Tisch z. B., wenn ich den machen könnte, nur soviel Kraft aufbringen würde, denn nachher, sitzt man erst einmal und fängt an MIT ANINA ZU LERNEN, geht es erfahrungsgemäß leichter, nein, nicht ganz leicht,

nicht wie von selber, mir nicht und ihr erst recht nicht, nur erstaunlich viel leichter, als man gedacht hatte. Tatsächlich mache Aufräumen Spaß, hat jemand gesagt, würde ich also aufräumen, daß heißt, könnte ich das, was ich mir vorgestern AUSMISTEN vorvorgestern und an allen vorhergegangenen Tagen vorgenommen HEUSTALL REPARIEREN mir selber versprochen DACH FLICKEN geschworen habe STÜTZBALKEN DRINGEND einlösen ausführen

26

Hinter dem Vorarbeiter, der vor einigen Tagen in den Garten eingedrungen war, als käme er die Umgebung seiner Baustelle rekognoszieren, als wolle er nur den Garten besichtigen, um zu verhindern, daß durch die Bautätigkeit nebenan die Bäume, der Zaun und an den Zaun lehnende Pflanzen zu Schaden kämen, hinter diesem ersten, scusi signora, kommen nun einer nach dem andern, Bauarbeiter in leuchtendgelben Plastikmänteln und -hüten, seit Tagen.

– Weißt du was sie vorhaben? fragt Anne.

– Hätten sie sich wenigstens durch das Loch, dort wo einer der ersten ein paar Latten weggerissen hatte, durchgedrückt.

So hielten sie's am Anfang. Damals kamen sie früh in der Dämmerung unbemerkt hereingeschlichen, benutzten auch noch die Gartenwege, vermieden die Blumenbeete. Das ist vorbei.

Jetzt kommen sie zu allen Tageszeiten, durch die Tür oder, wenn das für sie näher ist, auch über den Zaun geklettert, springen vom Zaun in die Rabatte, laufen wo sie grad laufen, ohne zu schauen, stapfen durch die vom Regen aufgeweichte Erde der Pflanzungen, und zertrampeln

– ach was, das wäre nicht so schlimm, kein Grund zur Besorgnis, doch sie graben tiefe Löcher und Gräben an verschiedenen Stellen, rollen über alles hinweg schwere mannsgroße Betonröhren, für die Kanalisation können die nicht sein, für was sonst?

– Sie werfen sich Werkzeug zu

Anne schließt das Fenster. Gregor geht hinunter.

– Du kannst mich ruhig Heinz nennen, stellt sich der Vorarbeiter vor, schon auf der Treppe ins obere Zimmer.
– Hier nur ein wenig stutzen, siehst du, diese Zweige sind zu lang, und diese wuchernden Ranken gehörten auch längst beschnitten.
Mit einer Schere in der Hand geht er dem großen Fenster entlang, von einem Blumenstock zum andern:
– sie überwuchern die Aussicht, meint er, vor lauter Blättern und Blumen sieht man nichts mehr.
– Lassen Sie, bittet Anne, ich weiß doch mit meinen Pflanzen umzugehn, sie gedeihen, blühen, schauen Sie, wie gut sie wachsen, Sie können unmöglich die Äste voller Knospen beschneiden, nein
umsonst. Während sie redet, ist er bereits an der Arbeit, schneidet mit unheimlicher Geschwindigkeit, stutzt den Hibiskus bis auf den Stamm zurück, die Ranken der Hoja, am Fensterrahmen befestigt, hängen von den Wurzeln geschnitten, blühende Rosenzweige fallen auf den Boden, und schnell bewegt sich die Schere weiter, der Wand nach, bohrt, schneidet quer durch ein Bild, fällt auf den Tisch, schnappt nach den Blättern, fertigen und angefangenen Zeichnungen

27

Fuchsien, auf Hochstamm gezogen, alle gleich hoch, der Stamm etwa 1 m und darüber die Krone, ca. 30, 40 cm, die untersten Äste schwer von Blüten, mehr Blüten als Blätter, hängen schräg herab, solche Fuchsienbäumchen, eins mit rot und violetten Blumen, eins rot und weiß, eins lila und rosa, mit wie gedrechselten, mattglänzenden Blüten, zurückgeschlagene oder gespreizte Petalen über runden einfachen oder gefüllten oder auch gekräuselten Bechern, solche Hochstammfuchsien in Reihen, schön in Reihen in gleichem Abstand

auf schmalen, sehr langen Beeten, die bepflanzt sind mit niedrigen, kleinblütigen Begonien, rosa, weiß, dunkelrot, und gelben Pantoffelblümchen und etwas niedrigem Blauen, eingefaßt von einer etwa 15 cm breiten Rasenborte, die am Außenrand scharf geradegeschnitten an den Kies grenzt.

Hellgrauer Kies, mittelgrob, mittelfein, aus Kiesel, fast weiß, der in der Sonne an unzähligen Punkten aufblitzt und blendet; alle die breiten Wege und auch der große Platz vor dem Haupteingang des Gebäudes sind mit diesem Kies bedeckt.

Darauf stehen, in Abständen, Parkbänke und, weiterverstreut, Männer in grauen Anzügen, Overalls, mit Rechen und Hacken, an die sie sich klammern und beim Stehen, beim Arbeiten, Jäten, Hacken, zu stützen scheinen, die sie als Halt benützen, wenn sie von einem Ort ein kurzes Stück weiter zum andern springen; dort im Schatten lehnt einer einbeinig an der Mauer und versucht sich geradezustrecken.

In Dreierreihe erscheinen um die hintere Gebäudeecke andere Männer, in grauen Arbeitsanzügen, drei hinter

drei hinkend im Marschrhythmus, alle mit Pickeln, die sie alle als Gehstützen benützen.
Auf einer der grünen Bänke sitzen lächelnd vier weiße Schwestern und stricken.

Anne liest die vergoldete Aufschrift über dem Eingang:
OSKAR – HELENE – HEIM

– Nicht auf den Zehenspitzen stehn! Eine Schwester schnallt Annes Kopf in das speckige Lederzeug an einem Eisenbügel, zieht ihn hoch, bis Annes Zehen gerade noch den Boden berühren
– Fersen runter! dann geht sie, schließt hinter sich den Vorhang, der das schmale Abteil von der Turnhalle trennt, läßt Anne, Gesicht zur Wand, allein.
Klatschen: wie Leder auf Fleisch, draußen.
Anne kehrt sich um. Neben ihr der Schragen, mit dunklem, glänzendem Leder überzogen, in drei Teile: Rumpf-, Kopf-, Beinteil zerschnitten, mit Scharnieren beweglich verbunden.
Klatsch
Im Spalt zwischen Wand und Vorhang: Prothesen, Arme, Beine, im Knie abgewinkelt, Unterschenkel, lehnen an der Wand und liegen auf dem Boden.
Der Vorhang wird ein wenig geöffnet, und das Jungengesicht, auf das sie gewartet hat, schaut herein:
– haben Sie dich wieder aufgehängt.
– Ist nicht so schlimm. Wie alt bist du eigentlich?
– 20. Und du?
– Bald 13.
Zum Weinen, jeden Mittwochnachmittag, wenn er, auf einen Pfiff in der Turnhalle, sich umdreht, und, im Knie federnd, auf einem Bein davonhüpft.

Lautes Klatschen: Leder auf Holz, Leder auf Wand, über dem Vorhang fliegt ein Medizinball hin, klatsch, her: Leder auf Fleisch, klatsch, hin und her.

Keine Sehnsucht nach Berlin. Keine Lust, dieses Gebäude noch einmal zu betreten.
Die Narben der Patienten, Soldaten, von damals sind etwa 30 Jahre alt. Und mancher fährt wieder Ski. An seine Stöcke sind beweglich kleine Bretter montiert, einbeinig fährt er schöner und schneller als andere. Vielleicht gerade jetzt auf einer der glitzernden Pisten vor dem Fenster.

Durch das offene Fenster strahlt die Sonne herein, bis in die Zimmerecken, bringt die Hibiskusblüten, Topfrosen, die ersten Tulpen, General de Wett, und Hyazinthen zum Leuchten.
Wie auf einer Wiese liegt Anne auf dem breiten Bett, an der Wand gegenüber das neue Bild, Gregors Geburtstagsgeschenk, sie läßt sich von der Sonne blenden und wärmen und atmet mit der Schneeluft den Hyazinthenduft ein.

28

Ein Gang wie ein Spitalgang, graue Türen links und rechts, gleich hoch, gleich breit, daran anschließend Wandkästen, schmale metallene Kastentüren, grau emailliert, Schlüssellöcher und über Augenhöhe eine Reihe kleiner Luftlöcher. Etwa zehn Schritte lang solche metallene Flächen, dann, in Nischen, linker Hand und rechter Hand je eine Tür, daran anschließend dieselben Kästen:
das könnte auch ein Schulgang sein, ein Klostergang.

Durch den rennt kreischend eine Herde zehnjähriger Schülerinnen, sich stoßend, gestikulierend, eine macht, aus Not oder im Schreck in die Hosen, aus einem der Klos hinten quietscht ein kleines Mädchen, das vor Angst die Tür nicht aufriegeln kann: hoch über ihm hängt eine Traube Fledermäuse in einer der fleckigen Ecken.

– So, sagt die behäbige Nonne, breitet wie Fledermausflügel die Arme aus und schlägt ihre weiten Röcke über die Kinder, wickelt sie ein, während eine zweite Nonne mit ruhigen Schritten den Gang hinuntergeht bis zur Klosettür, die sie mit einem langen Haken öffnet und dann das schreiende Mädchen herauszieht, zu den anderen führt:

– das sind doch keine Teufel!

Oder doch ein Spitalgang, in dem es zu dunkel ist, um die Anschriften zu entziffern. Kurze Stücke Neonrohr an der Decke beleuchten die Strecken zwischen den Türen, die Nischen bleiben schwarz. Der Gang ist abgeschlossen oder unterteilt von zweiflügligen Türen aus undurchsichtigem Glas. Eine davon öffnet sich, eine Schwester huscht herein, hinter ihr schieben sich die Türhälften lautlos gegeneinander, schneiden den dahinter liegenden Gang ab, während

gleichzeitig auch von der anderen Seite eine Schwester erscheint, sich leise nähert, Anne sanft an den Schultern faßt. Die erste Schwester greift Anne um die Kniegelenke, die beiden heben sie hoch, legen sie auf ein Bett mit Rädern, fahren der Tür entgegen, die vor dem Fußende des Bettes aufgeht, dann hinter den schiebenden Schwestern, nun doch hörbar, zufällt.
Eine ältere Frau in rot-beige geblümtem Flanellmorgenrock, mit einem runden, lachenden Gesicht, fast faltenlos, dünnen grauen Zöpfchen, hinter dem Kopf zusammengebunden, kommt auf Krücken, hüpft auf einem Bein, zuckt dabei mit dem andern Bein hoch, der Fuß im Sokken verschwindet dann unter dem Hemdsaum. Sie hüpft auf Anne zu, guten Tag.

Links und rechts in den Betten gebrochene Beine. Extension, Nägel, Schrauben, das kennt sie, erinnert sie.
Spritze.
– Entspannen! Nur ruhig, lautlos durch Gänge fahren, gefahren werden. In Nischen hantieren weißgekleidete Mädchen, sitzen Männer, Frauen mit Kindern auf Holzbänken und warten.
Türen, die sich öffnen, schließen Sie die Augen und versuchen Sie zu schlafen. So, ssssssss
dort vor dem Fenster verrichtet jemand eine Arbeit, die macht in regelmäßigen Intervallen ein lautes surrendes Geräusch. Anne hebt sich gegen ihre Trägheit so hoch vom Kissen, daß sie Rücken und Haare der Schwester sieht, die dort etwas tut das regelmäßig laut surrend
eine graue Tür rechter eine graue linker
links: Operationssaal: Holzpantinen laufen über den Kachelboden. Zwei Gesichtsmasken im Türrahmen.
– Sagen Sie mir, bitte, wer schreit da so?
– Pst. Kümmern Sie sich um nichts.
– Aber wer kreischt so?

Still. Schreit plötzlich nicht mehr.
Solche Jugendstilfenster wie die dort vorn verschließen versuchen zu schlafen vorhin saß jemand dort kompliziert zu machen so ein Fenster mit geschwungenen wie haben die laut surrend weißer Mantelrücken bläulichschwarze strähnige Haare ein wirrer Haufen abgewickelter Bandagen und am besten sagt meine Großmutter du legst sie dir sie muß das wissen auf den Oberschenkel und rollst sie indem du mit der flachen Hand drüberstreichst cirka 50 Jahre lang rollt sie so auf sssssssssssso täglich auf dem Oberschenkel ist ein komplizierter Unterschenkelbruch ein schöner Sudek und das weißt du nicht du weißt nicht einmal was das ist?
Nur das Surren nicht das nicht
an einem großen Wandschrank ein Kartonschild UNSTERIL
dort rollt eine Binde auf dem Boden
die Weiße reißt eine Schublade auf wirft Geschirr auf den Tisch heb den Kopf: Untertassen Tassen Teller Löffel energisch stellt die Schwester auch eine Thermosflasche eine Schüssel auf die Tischplatte reißt eine andre Schublade auf nimmt eine Büchse
genug
Bewegungen Schattentheater vor dem Fenster
entnimmt der Büchse löffelweise Pulver genug das sie in den Krug wirft schließt die Büchse schließt die Schublade mit der darin wieder versorgten Büchse knallend und geht mit energisch klopfenden Schritten am Bett vorbei die glänzenden Haare zurückgeworfen schwarze am Ansatz etwa halbzentimeterbreit graue Haare willst du dann grau sein Mitte 50 ach was
hinter ihr pfeift einer keine Melodie falsch so sollt es sein sing ich lautlos vor mich hin laut pfeifen?
Etwas auf diesem Gang Abgestelltes pfeift pfeift um nicht noch länger vergessen zu werden noch eine Stunde wie lange bin ich nun schon

pfeifend geht der mit den schlurfenden Holzschuhen hinter meinem Kopf vorbei in die rechte Tür haut die Tür zu
kein Pfeifen mehr hinter mir ein Gespräch wie Stantons Stimme zu müde nachzuschaun
– Herr Doktor: jedes Wort muß ich zuerst lautlos proben
Geschrei: Katze
– was ist das?
Pfleger und Schwestern kommen aus der Tür des Operationssaals grauvergilbte Tür auf der ein braunes Eichkätzchen auf Ast klebt mit Heftpflaster angeklebt darunter EINTRITT VERBOTEN so jetzt gehts wieder
– warum schreit es so?

Weit weg leise, kaum hörbar und viel zu langsam, fast nicht zu erkennen, was das ist, *ich weiß nicht, was soll das,* einzelne Flötentöne, die eine Melodie zusammensuchen *was soll es bedeuten, daß*
– laß das, das ist verboten. Ein jüdischer Dichter und ein jüdischer Komponist, das ist zuviel, das ist verboten! Ist mit Papier zu überkleben, schön, sauber, weiß.
Die Kinder sitzen in ihren Schulbänken, jeder einen Topf Kleister mit Pinsel vor sich und die alten Schulbücher. Der Lehrer gibt an, welche Seiten zu überkleben sind. Es ist verboten, dieses aufgeklebte Papier später, zu Hause, abzulösen, um zu versuchen, das verkleisterte Verbotene zu lesen oder gar zu singen.
– Kannst du vom Blatt singen?
– Leider nicht, aber, wenn auch mühsam, spielen.

– Warum schreit es so? *Ich weiß nicht/ was soll es bedeuten*
– Sind Sie das, die singt?
– Man sollte sich hierherlegen, wenn das Leben zu schnell vergeht, fortläuft, sollte man sich hier vor den Operationssaal legen, hier vergeht nichts

so ein geübter, vorgesagter Satz ist nicht mehr meiner, nochmal:

– ich hab gemeint, es wär Mittag. Die Schwarzhaarige, eine Italienerin oder Spanierin, vielleicht eine Jugoslawin, hält mir ihren Arm mit der Uhr, einer goldenen oder vergoldeten Uhr entgegen: halb 10. Das Fenster, von Tudor inspiriert, die englischen Feriengäste, hinter dem Fenster ein Stück Fassade des Absonderungshauses, hinter einem dieser Fenster, dort wars, das dort, ist einmal jemand, den ich gern hatte, gelegen. Und später, woanders, gestorben. Mach die Augen zu. Bei dem Hinundhergelaufe Geklapper Geplapper

– So, nehmen wir Ihnen die Schrauben raus? Der Arzt geht zum Tisch unter dem Fenster, wo schon zwei andre beim Kaffee sitzen. Der wie Stanton redet, sagt etwas von einem Fall, der nicht klar ist, hinter dem Kiefer kommt man mit Röntgen kaum dran, und der andre erzählt von einer Patientin, der eigentlich nichts fehlt, aber Börsentips bekommt er von ihr, niemand könnte ihn besser beraten, und du pflegst sie liebevoll, meint der erste, ja, lacht er, steht auf, drückt, als wär's ein Versehen, beim Vorbeigehen eine junge Schwester an die Wand, lacht.

– Schwester Marta, wollen Sie sich nicht auf meine Knie setzen? lädt einer die Operationsschwester ein. Die kichert, und er weiß genau, daß sie soetwas nie täte. Sie redet mit akzentuierter Mimik, wenn sie lacht gleich wieder oder gleichzeitig hart.

– Wollen Sie sich wirklich nicht, er bietet ihr seinen Stuhl an, hält die Kaffeetasse mit dem Gummihandschuh.

– Nehmen wir noch ein wenig Birchermüesli, sagt ein Dicker, acht Mandeln, das wärs für heut, und essend und trinkend erzählt er einer jungen Hilfsschwester aus seiner Privatpraxis

– sehr praktisch auch die Wohnung dort eingerichtet Doppeltüren machen sich gut.

– Jaja, sagt die Schwester so nebenbei und verfolgt mit ihrem Blick jemanden am andern Ende des Ganges
– große Praxis
– ja, sagt die Schwester und schaut an ihm vorbei
– nach bald 40 Jahren, es wird nicht mehr lange
– nehmen Sie noch Birchermüesli, sagt sie.

Die Operationsschwester geht an meinem Bett vorbei, in der Hand eine große, dicke, saure Gurke, von der sie abbeißt: man kann sehen, wie es ihr schmeckt.

Kehr dich zur Wand, zieh die Decke über den Kopf entspannen, Versuch dich abzulenken von allen Eindrücken, die zuviel werden: Finger bewegen, Klavierüben, die Zehen bewegen, jede einzeln, nützt nichts, Erfahrung sammle man nur gezwungenermaßen, sagt jemand: wenigstens das, zum Lachen.

– Waren Sie das, die eben gelacht hat?

Aus dem Operationssaal wird ein Bett geschoben. Ein Kopf, dunkel im Bettzeug, ein offener Mund in einem Männergesicht, das Bett wird geschwenkt, und aus der Schiebetür in den Gang gefahren. Die Tür bleibt offen, und man hört, wenn man sich ein wenig hochhebt, sieht man, was draußen vorgeht.

Der glänzende grüngraublau melierte Linoleumboden, wie Wasser, und, auf der rechten Seite liegend, fließt sie, fährt das Bett mit ihr bachab

immer schneller fahren die Wände vorbei hell dunkel hell dunkel Nischen rechts links zieh deine Hand ein daß du dich nicht an Vorsprüngen an vorstehenden Steinen verletzt.

– Hoi, ruft Stanton, und die Tunnelwände übernehmen den Ton, werfen ihn rundum, vibrierend immer stärker lauter voller, mehr stehend als sitzend, das Volant weit vor sich in ausgestreckten Armen, Kopf im Wind über der Scheibe, ruft er laut lachend:

– fahren wir fahren wir wer weiß wohin, wie ist dir?
– wohl, ruft Anne, und von weither antwortet eine Stimme:
– WO WO

– Was bedeutet das Geschrei Herr Doktor warum brüllen die Kinder so? operieren Sie ohne Narkose?
– Eine perfekte Narkose: am Ende müssen die Patienten wieder wach sein, damit sie nicht am eigenen Blut erstikken. Aber Sie sollten schlafen!
Wie spät es ist? nicht fragen
die Zeit bleibt das wird an der Spritze liegen
was das vorhin war weiß ich nicht hat mir den Verstand genommen jetzt bin ich nur Ohren und Augen
behend kommt der Frauenarzt nickt herüber ein Kollege rückt zur Seite und geschickt schenkt er sich Kaffee ein graziös hält er die Tasse in der Gummihand das wird ein geschickter
ob sie wissen daß hier jemand liegt betäubt halb betäubt so glauben sie und beobachtet kann nicht anders als alles hören und zu vieles sehen
wenn ich Pech habe ist dies das Letzte.

Am Anfang war der Tunnel noch gekachelt, dann waren die Wände grau verputzt, nun fahren sie in einem aus dem Fels gesprengten Gang, nicht viel breiter als ihr Auto. Kurze beleuchtete Stücke, weiße hufeisenförmige Bogen, wechseln ab mit Dunkel. Dort könnten Höhlen, Seitengänge sein. In Nischen, durch Tafeln vorher angekündigt, Telefone für den Notfall.
Notfall?
Bei Schwankungen des Luftdrucks findet ein Luftaustausch statt: aus den Gesteinsritzen, aus allen den unzähligen Hohlräumen im Fels tritt sauerstoffarme Luft,

breitet sich aus im Tunnel, dessen Luft in die Hohlräume eingesogen wird.
Die Geschichte eines Unglücks, Gasvergiftung im Stollen, in einem anderen Stollen, die Umstände werden hier anders sein, denkt Stanton, trotzdem: warum Telefone? Für Autopannen? Und er sieht doch das ganze Gewölbe, wie es aus dem Fels gesprengt ist, sieht aber nirgends Luftkanäle, Rören, nichts, was wie Ventilation aussieht, auf der ganzen kilometerlangen Strecke bis hierher nichts, das auf Lüftung schließen ließe, und vor sich ein endloser Gang, dort, wo die Reihe beleuchteter Bogen winzig wird, scheint der Stollen in einer anderen Richtung weiterzulaufen. Er ruft so laut er kann. Ob er hier je hinauskommen, aus diesem düsteren Tunnel, das in Windungen, wer weiß, vielleicht im Kreis, oder in einer Spirale auf ein Zentrum zu führt, ob er dem je entkommen wird
nicht rufen Atem sparen ob es ihm gelingen wird dalli dalli wenn man wirklich will kann man so komm schon herüber siehst du dort zuhinterst das Licht das sich ausbreitet immer größer wird jetzt erweist sich doch alles als gut und hätte ja auch kaum anders
– ich fühl mich wie neugeboren, sagt er.
Anne zeigt auf den See, auf den sie zufahren.

Sie wird ins Vorzimmer, in den Waschraum geschoben. Eine Reihe Lavabos mit kleinen Spiegeln darüber, vor einem setzt sich ein Arzt sein hellgrünes Mützchen auf. Die Zimmerdecke ist fleckig wie eine Landkarte (doch keine Fledermäuse).
– Sie werden gleich schlafen.
Die fleckige Decke könnte das Letzte sein. In einem Loch im Fußboden bleibt eins der Räder hängen, als sie in den Operationssaal geschoben wird.
Mitten im hellen Raum unter der großen Metallscheibe

mit den Lampen. Die Operationsschwester, wie vorhin. Zwei andere Schwestern unterhalten sich, bringen Tabletts voller Instrumente, gehen hinaus in einen Nebenraum, bringen von neuem glänzendes Werkzeug.
– Das werden wir nicht alles für Sie benötigen, meint die Operationsschwester, aber es muß für jeden Fall das Richtige bereit sein. So, jetzt könnten wir anfangen.
Die Schwestern stellen sich neben die Tür.
Die Lampen. Dann:
– ich wünsche Ihnen eine gute Nacht!
Und ich würde, wenn ich noch könnte, sagen

– Hoi!
Von weither ruft eine tiefe Stimme übers Wasser, kommt zwischen riesigen zum Lautsprecher geformten Händen aus einem dunklen Mund
– HOOOOOOOOOI
– Wär ein phantastischer Sänger geworden, mit dem Baß!
– Wir haben oft gesungen miteinander, wenn's niemand hören konnte, wirklich eine Stimme, wie sie wenige haben
– nur keine Ausdauer, keine Lust, regelmäßig zu üben hatte er
– das waren nur die äußeren Umstände, die ihn abgehalten haben
– wenn einer wirklich will
– hat er nicht an der Scala gesungen?
– Gregor!
So eine Stimme. Ruft und ruft:
– komm her komm herüber ans andre Ufer dalli dalli wenn man wirklich will kann man kann auch übers Wasser gehn

29

– So und jetzt hier herein! Madame Défarge öffnet die Glastür zu einem Restaurant: Gregor ist vorausgegangen, und wenn Sie sich beeilen, nein, laufen müssen Sie nicht, er kann noch nicht weit sein.
Das Kind, das Anne nachgelaufen ist, läßt sie neben dem Eingang stehn:
– wart hier, ich will mich nur schnell umsehn.
Eine offene Metalltreppe führt auf eine Galerie, und beim Hinaufsteigen sieht Anne zwischen den Stiegentritten hindurch ein Stockwerk tiefer ein weiteres mit Gästen überfülltes Lokal. Dorthin kann sie, wenn sie Gregor oben nicht findet, nachher noch gehen.
Auf der Galerie sitzen an kleinen runden Tischen Leute, nicht er. Der Boden ist mit einem weichen moosartigen Teppich bedeckt, darüber laufen Mädchen, Tabletts über den Köpfen der Gäste balancierend.
– Nein, das ist nicht alles für Sie, beruhigt eine der Kellnerinnen einen Gast, keine Angst, es muß nur für jeden Fall alles bereit sein.
– Suchen Sie jemand? fragt sie Anne und zeigt ihr die Kinder, die lärmend über eine Treppe ins Kellergeschoß rutschen.
Anne möchte umkehren, doch die Stiege, die sie eben heraufgekommen war, ist mit einer Glaswand, deren Türen sich nur nach innen, zur Galerie öffnen und mit WAY UP ONLY bezeichnet sind, verschlossen.
Die Kinder kommen die andre Treppe heraufgelaufen, rutschen lachend wieder hinunter, Anne läuft ihnen mit großen Schritten nach. Und kommt in einen Raum, von dem es keinen direkten Zugang zum Restaurant gibt, wo doch das Kind auf sie wartet. Sie sucht den Weg dorthin, will

schnell zurück, gelangt jedoch, sie merkt es kaum, von einem Zimmer ins andre, in immer wieder andre Räume. Wo ist Gregor?
Was wird die Kleine inzwischen tun? Ob sie immer noch neben dem Eingang steht und wartet? Ob sie, wie auf Bahnhöfen und in Warenhäusern, in eine Kinderkrippe oder an eine Stelle gebracht wird, wo man sie später, nachdem Lautsprecher die für das Kind Verantwortlichen gerufen und über seinen Aufenthaltsort verständigt haben, wieder finden und abholen kann?

Der Boden setzt sich in Bewegung, wie auf einer Rolltreppe läuft Anne vorwärts
– Gregor! sie dachte doch, er sei nicht so weit, er sollte sie eigentlich hören können.
Ein schmaler Gang zweigt von ihrer Bahn ab, soll sie in den einbiegen? Doch der Boden fährt, und sie hat zu lange gezögert abzuspringen, sie wird immer deutlicher gegen ihren Willen geschleust, kann auch andere Abzweigungen, die sich auf beiden Seiten öffnen, nicht einschlagen, es fährt viel zu schnell, um Kurven, wird enger und dunkler, Durchgänge, Flügeltüren öffnen sich alle in einer Richtung, noch rechtzeitig, wenn sie denkt, daß sie sich am zerschellenden Glas schneiden würde, geht eine Tür nach der andern automatisch immer im letzten Moment auf, um sich hinter ihr zischend zu schließen.
Dann bleibt sie plötzlich stehn.

Durch das Fenster vor ihr die Aussicht auf einen kleinen, vom Mond beschienenen Garten. Vor Gebüsch bewegen sich zwei Figuren, flüsternd.
– Es gräbt sich leichter als ich dachte.
– Keine Wurzeln? da müßten doch eigentlich überall Wurzeln sein.

– Nein. Schaufel Schaufel dunkle krümlige Gartenerde, ein Vergnügen zu graben. Die Wurzeln werden noch kommen.
Schon bis zum Bauch im Loch, aber immer noch geht es ganz gut. Bald bin ich soweit, zwei Meter tief, gradgeschnittene Wände, wies sein muß, glatter Boden, soviel ich im Dunkeln sehn kann
nun, was ist los, Angst?
jetzt wär ich soweit warte
wohin läufst du wo läufst du hin in die Nacht?

Mord, Totschlag, als wäre es das Natürlichste auf der Welt. Ein böser Traum: du denkst dir nichts dabei, eine Tätigkeit, Handlung, wie irgendeine.
Nur ein Traum: und diese dampfende Waschküche wäre nicht wahr.

Es brodelt in zwei vollen, mit Tüchern zugedeckten Kesseln, große Blasen bilden sich unter der Oberfläche und heben die Tücher, über die Kesselränder rinnt schmutziger Schaum, an allen Seiten entweicht der Dampf, scharf stinkend, aber von dem, was in den Kesseln kocht, ist nichts zu erkennen. Auf dem feuchten Boden alle Schmutzwäsche, blutige Jagdkleider überall
– Schweiß, richtig nennt man das Blut von Wild Schweiß
und drei kleine rote Lachen, die sich über den Waschküchenboden ausbreiten, vom Beton langsam aufgesogen, unter der kopfabwärts aufgehängten Beute.

– Versuchen Sie gar nicht erst fortzulaufen. Madame Défarge hält Anne fest:
– Hier! Und sie führt sie in einen Saal voller Leute.

– Die lassen doch niemand ungeprüft hinein oder hinaus!
– Hoi, rief ich, und ging, die Hände in den Hosenta-

schen, zur Tür hinaus, genauso wie ich eine Stunde vorher durch sie hereingekommen war.
– Ohne Kontrolle? fragt ein Alter, der Anne an ihren Londoner Bekannten erinnert.
– Ohne Kontrolle. Der Wärter nickte mir zu
– dressed up, today! lachend zeigt sich der Alte in seinem guten Anzug: Sie haben mich nicht wiedererkannt!
– Haben Sie Ihren Prozeß gewonnen?
– Vertagt, vertagt: es ist viel zu viel damit verkettet.
Anne drückt sich, suchend, zwischen den Gruppen durch.
– Erinnerst du dich an die enge Gasse, den schmutzigen Kanal zwischen alten Lagerhäusern, jetzt ist man dran, sie abzureißen, dort spielt Oliver Twist.
– Ich habe Fagin in New York kennengelernt.
– Erinnere dich, dort auf der anderen Seite, der rechten Seite der Themse, wenn du per Boot nach Greenwich fährst.
– Fagin, oder einer der so aussah, wie ich mir Fagin immer vorgestellt hatte, wollte Opale verkaufen. Schöne ungeschliffene Stücke, dunkelblau glänzend irisierend grün rot, in Matrix.
– Hier bekommst du sowas nicht.
– Sie waren zu teuer, leider. Er ist nie wieder ins Geschäft gekommen, und ich hätte ihn doch gern wiedergesehen, ihn in ein Gespräch verwickelt, um etwas über ihn zu erfahren. Dickens oder ein Stück vorderer Orient mitten in Manhattan, wider Erwarten. Was wünschst du dir mehr?
– Warum bist du nicht dort geblieben?

– Woran denkst du?
– Hast du »Tale of Two Cities« gelesen?
– Vor langem, und den »Simplizissimus« und »Krieg und
– Hör auf!
– Schau, dort in der Türöffnung:
ein Arm, weiche Bewegungen aus dem Ellbogen, aus dem

Handgelenk, ein Mädchenarm, der sich wie eine gutgenährte Schlange einem Büchergestell nähert, mit langen beweglichen Fingern über Buchreihen läuft, an Buchrükken fingert, einen faßt, schräg herauskippt, zurückdrückt, sucht, dann schnell zugreift, einen Band aus der Reihe herauszieht, das Buch aufschlägt.
Ein Kopf, dem man nicht sofort ansieht, ob er zu einem Mann oder einer Frau, zu diesem Arm gehört, neigt sich kurz über das Buch.
Dann kehrt sie, eine Frau, die offenen Seiten den Anderen zu, zeigt das Bild, das sie gefunden hat.

– Geh schnell vorbei, daß du den kleinen Weber nicht anschauen mußt!

– Nur: ob du hinsiehst oder nicht: die Sünden der Eltern werden an ihren Kindern oder den Enkeln, den Urenkeln gerächt.
– Wer sagt Sünde? Famose Idee, die hat einiges eingebracht!
– Der Liliputaner hatte nichts dagegen, im Schaufenster zu weben, wahrscheinlich war er sogar stolz, so ausgestellt zu sein.
– Die Gehaltszulage war ihm auch willkommen.
– Mangelhaftes Einfühlungsvermögen, wenn es das überhaupt wäre, ist noch keine Sünde.
– Das ist doch beste Tradition! Denk an die Höfe, ein rechter König hatte seinen Zwerg. Der gehört dazu, schneidet seine Grimassen ins Familienbild. Du bist mächtiger neben deinem Zwerg, und schöner.
– Das ist lange her, damals hat man anders gedacht und anders empfunden.
– Mag sein. Ich denk an den Zirkus. Zwergenkapriolen: Applaus.
– Sie tun es freiwillig, er hat es ja freiwillig gemacht.
– Du kennst Liliputaner nicht.

– Vielleicht hat alles mit den Sonnenblumenkernen begonnen, eine Frau wendet sich Anne zu.
– Was hat denn begonnen?
– Bitte bedienen Sie sich, sie reicht Anne eine Tüte voll Vogelfutter, der sie selbst eine Handvoll entnimmt, um jetzt einen Kern nach dem andern im Mund zu schälen, die Schalen, wie Kirschkerne, in der Hand zu verstecken. Sie ausspucken wäre lustiger.
– Sehen Sie, so. Und sie zeigt hinauf auf eine Balustrade, auf einen Mann, groß, blond und breitschultig, er könnte ein Russe sein, der dort vor dem Bild mit dem grauen Haus steht. Neben ihm ein fast leerer Jutesack. Er bückt sich, füllt seine Hand in dem Sack mit Sonnenblumenkernen, er stützt seine Unterarme aufs Holzgeländer, steckt einen Kern nach dem andern in den Mund, spuckt eine Schale nach der andern aus, spuckt sie hinunter, die schweben langsam durch die Halle, fallen unten auf den Spannteppich.
– Ja, so hat es angefangen, sagt sie: ich nehme einen Kern, beiß ihn auf, die Nuß drin ist zu klein, macht Lust auf mehr, noch einen, einen nach dem andern. Mit einem Papiersack Vogelfutter auf den Knieen sitz ich da, manchmal fällt ein Kern aus einem Loch im Papier zu Boden, hinterläßt einen Fettfleck, wenn man drauftritt, schauen Sie, hier und hier. Nehmen Sie mir die Sonnenblumenkerne weg, nicht der Flecken wegen, verstecken Sie sie, wo ich sie nicht finden kann. Der Anfang ist so schnell gemacht, ein Kern nach dem andern, das beschäftigt mich nun, ich kann nichts andres mehr tun, das füllt meine Zeit aus, seit Tagen, seit Wochen nur Sonnenblumenkerne und was mir dazu einfällt, sie zeigt auf den »Russen«, jetzt dauert es bereits ein Jahr, das Ende ist nicht abzusehen.

– Jetzt erinnere ich mich, sagt Anne: ein russischer Soldat, gutmütig, wenn er nicht betrunken war. Aber so hat es nicht angefangen.

Wir liegen in einem engen Versteck, im Dunkeln, wissen nicht, ob es Tag oder Nacht, und wieviel Zeit vergangen ist, Tage oder Wochen. Falls wir je lebend hier herauskommen, denk ich, wird das alles, Angst, Hunger, einmal weit weg sein, zu etwas verblaßt, was man erzählen kann.

Doch das stimmt nicht: es ist nie eine Geschichte geworden, wie es wirklich war, werde ich niemandem sagen können.

Nun gehen die Leute herum w i e i m T r a u m : Gebärden, Bewegungen von Köpfen, Händen, die Körper schieben sich vor-, hintereinander, aneinander vorbei, der Raum ist zur Bühne geworden, darauf wird eine Pantomime gespielt. Zwar wird geredet, findet hier und dort eine Unterhaltung statt, leise, meist unverständlich, aber was geredet wird, hat nichts zu sagen, s p i e l t k e i n e R o l l e.

Anne schaut sich nach einem Ausgang um, findet ihn endlich und gelangt, wie schon einmal, in das hohe Stiegenhaus, in dem nirgends Stiegen sind. In der Mitte der vergitterte Liftschacht und geländerlose Balkons über ihr auf allen Stockwerken. Der Lift hängt zuoberst. Sie sucht den Drücker, um ihn herunterzuholen.

– Sie müssen sich ein wenig gedulden! Mme. Défarge steht hinter Anne, strickend wie immer, wollen Sie sich nicht noch umsehen? Das ist ein weitläufiges Gebäude, und wollten Sie nicht noch Bilder ansehen? Sie öffnet die nächste Tür.

Mitten im Zimmer sitzt jemand auf einem Sessel, mit dem Rücken gegen die Eintretenden. Wendet den Kopf, es ist ein jüngerer Mann, um zu sehen, wer da kommt, macht ein Zeichen einzutreten, näherzukommen, bewegt die Lippen. Er weiß etwas, sagts aber nicht, denkt Anne. Sie blicken

sich an. (Zu reden anfangen, einfach so. Eins ergibt das andere, ein Wort führt zum andern, das verlangt ein nächstes, das will näher bestimmt sein, und so fort, so geht's, so geht's stundenlang, du mußt nur anfangen.)
Bringt die Lippen nicht auseinander. Innen streikt es, oder wurde etwas versiegelt, das den Impuls geben sollte, den Mund zu öffnen.
Sie sieht dieses Gesicht, in dem nichts sich bewegt außer den Augen, die über ein Bild an der Wand wandern, zu ihr zurückkehren, sie auffordern zu folgen.

Ihm zu folgen ist nicht mehr ganz leicht, muß das sein?
Les hôtels du Marais: de Rohan, d'Albret, de Sandreville, Palais Soubise und weiter, schnell, in Richtung Père Lachaise

nein. Nur in Gruebers Bild von links unten, Metro Porte de Saint Cloud, rechts nach Billancourt die Straße hinaufgehen, linker Hand die Glasdächer der Renault Werke, Rauch, der aus den Fabrikkaminen khakifarbig aufsteigt, legt sich giftgrün, violett und orange in Wolken um eine milchige Sonne und auf die Hügel von Meudon.
– Der Ockerstreifen hinter Renault, zeigt Mme. Défarge,
– das ist die Seine, sagt Anne.
– Haben Sie keine Lust mehr, dorthin zeichnen zu gehn?
Sie zieht aus ihrer Schürzentasche einen kleinen Skizzenblock, dessen Blätter abgegriffen sind, die Kohlezeichnungen darauf zum Großteil zur Unkenntlichkeit verwischt. Mme. Défarge findet eine Skizze,
– das war gar nicht so schlecht, meint sie, während sie das Blatt herzeigt, und Grueber nickt zustimmend.
In der Straße, die hinter dem gelben Haus abzweigt, steht das schäbige kleine Hotel
aber die Erinnerung daran würden Gregor und Anne für sich behalten. Mme. Défarge lacht:
– eine Geschichte für andere ergäbe das auch nicht.
– Doch, eine sehr schöne, wenn ich erzählen wollte, sagt

Anne, eine gute Geschichte, wenn ich wollte und wenn ich erzählen könnte, gegen die Düsternis hier.
Sie schaut das Bild, dann den Stummen noch einmal an:
– ich wollte, ich könnte dir helfen.

Die Bilder: ihr Schneckenhaus.
Überall wo sie neu einzieht, an die weißen Wände der leeren Zimmer, in Balgach, in Mamaroneck, wo immer, werden Bilder gehängt, überall die gleichen, vertrauten Bilder, die immer wieder überall an das Gleiche erinnern, so daß man sogleich am neuen Ort daheim ist, gleichzeitig aber auch gefangen im Alten, die neuen Aussichten, neuen Ansichten von den alten Bildern verstellt werden.
Und zu denen, die hier hängen, die übriggeblieben sind, kommen noch die verlorenen, die erinnerten Bilder hinzu, wichtiger, eindrücklicher als die vor Augen: wie Tote, oder wie Geister.

– Es nützt nichts, die Augen zu schließen, sagt Mme. Défarge.
(Wie es mir nichts genützt hat, mit abgewendetem Kopf an den Prothesen vorbeizugehen, sie waren nicht zu übersehen. Und wenn ich außerstande bin, den Bericht aus einem amerikanischen Militärspital zuende zu lesen, die Bilder der Verwundeten, so schnell ich auch umblättere, sind nicht zu übersehen:) Mme. Défarge öffnet eine graulackierte zweiflüglige Tür und zeigt in einen riesigen Krankensaal.
Anne wendet sich ab, läuft so schnell sie kann, doch was sie gesehen hat, verfolgt sie, holt sie ein. Bilder, die nichts mehr verdecken.

30

– Es könnte auch gut ausgehen, sagt Mme. Défarge, sehen Sie, die dort drüben beim Fenster sitzt, könnte zur Raison kommen. Gut, sie weiß, daß sie etwas getan hat. Was ist schon dabei? Wer ist unschuldig? Darüber könnte man reden. Man sollte sogar, ja man müßte, unbedingt, darüber reden. Sich mitteilen. Sich aussprechen. Sein Herz ausschütten.

– Ja und? Da machst du dir Gedanken? Daß ich nicht lache. Du schämst dich?
Und dann?
Nicht mehr? Das ist alles? Das ist überhaupt nichts. Und deshalb die ganze Geschichte? Als ob so etwas nicht noch und noch. Aber du nicht. Warum?
Warum hast du das nicht gleich gesagt. Warum schämst du dich, das auszusprechen. Warum läufst du so lange mit soetwas herum und sagst es mir nicht. Da hätte ich dich längst beruhigen können. Man muß nur reden miteinander.

– So meine Lieben, Ende gut, alles gut. Aber ich bitte Sie, wenn Sie wollen, können Sie auch mit dem Austausch Ihrer Intimitäten fortfahren, bitte, ich bin ganz Ohr, ganz Anteilnahme, bitte, lassen Sie sich nicht durch meine Anwesenheit stören, fahren Sie fort, wo Sie aufgehört haben: Sie waren bei: muß nur reden miteinander, bitte
nichts?

Sie sieht den Garten, hohe Stauden wachsen ans Fenster, im Hintergrund die Büsche und Laubbäume verdecken die weitere Aussicht und den Himmel, daß das Licht im Raum hinter und vor dem Fenster grün ist.
Jemand (Ossip?) beugt sich über sie, legt ihr eine Hand auf die Schulter:

– warum läßt du dir denn nicht helfen?
Sie schaut vor sich auf die polierte Tischfläche, versucht etwas in die feine Staubschicht zu zeichnen (nicht abgestaubt), eine Arabeske, ein Gesicht (nachher später kann ich immer noch), sie versucht, die Hand von ihrer Schulter zu schütteln (laß), wenn man mit ihr redet (so laßt mich endlich), verzieht sie ihr Gesicht (ihr sollt endlich) schaut auf den Boden (aufhören).

Was hat sie nur wieder falsch gemacht.
Das Kinderfräulein, ein Fräulein kommt gelaufen, Kinderfräulein können nicht langsam gehen, gewöhnlich, gemütlich gehen, außer beim Spazierengehen, aber dann gehen sie besonders langsam, rufen die Kinder, die vorauslaufen, oder zurückbleiben, oder sich seitwärts in die Büsche schlagen, oder sich hinter Hausecken verstecken, wer ginge schon gern an der Hand, ließe sich gern von so einem Fräulein brav an der Hand führen, die Kinderfräulein rufen, das Fräulein ruft die Kinder zur Ordnung, läuft dem einen vielleicht ein paar Schritte entgegen, zieht es aufs Trottoir, klopft ihm mit der flachen Hand Kalkstaub vom dunkelblauen Mantel, klaubt dürre Grashalme ab vom Rücken und aus den Haaren, drückt die verrutschten Mantelschultern zurecht, steh grad, zupft am Kragen,
das Fräulein kommt also gelaufen, ruft sie zur Raison, was hat sie (was hab ich nur) wieder gemacht, irgendetwas Dummes wird sie angestellt haben, daß sie ermahnt, ihr gut zugeredet werden muß (muß geredet werden), das Fräulein meint es gut. Außerdem ist es dazu angestellt, zur Ordnung zu erziehen, zu beaufsichtigen, nicht aus den Augen zu lassen, dazusein, mit wachsamen Blicken die Kinder und was sie tun zu beobachten.

Und die strickende Frau, die sich zu ihr setzt, weiß etwas. Die lehnt sich im Stuhl zurück, legt die Strickerei in den Schoß, ihre Finger trommeln auf den Armlehnen, die schaut sie an, (als wüßte ich, was sie weiß.)
Draußen bewegt sich eine Baumaschine.
Draußen ist draußen.
Der Wind treibt Fahnen von Staub über die Hecke, in eine Richtung, dann im Kreis.
Ein Schwarm Drosseln fliegt vor den Staubschwaden her, steigt auf, setzt sich, ein Vogel nach, neben den andern auf einen der Bäume.
Ein Stück einer (mir bekannten) Melodie, gesummt, der Takt aufs Holz getrommelt, immer wieder das gleiche Motiv.
Sie sitzt und schaut auf den Boden (daß sie meine Augen nicht sehen) und man sieht, daß sie etwas getan hat, was?
Jemand (Stanton?) redet ihr zu:
– versuchs einmal mit Schreien. Ossip setzt sich zu ihr:
– warum läßt du dir nicht helfen?
– Wie schreit man?
– Man schreibt einen Brief, ein Gedicht, eine
– nein, ein Brief, das Gedicht braucht die genauen Wörter und den Leser, und beides findet man nicht dann wenn man schreit.
– Aber später, wenn der Schrei verloren vorbei ist, und man wieder lacht
– und sei's nur über sich lacht und über die Leere rundum, (ihr sollt endlich aufhören!) über den lacht, der vor dem Schrei geflohen (so geht das doch nicht) und über die Wörter, die einen auch im Stich gelassen, vielleicht für immer verlassen haben
– kann man sogar darüber lachen, daß man einmal so verwegen war zu schreien.
Sie putzt sich die Fingernägel.
– So geht das nicht so kann man doch nicht

– das seh ich ein
– so dumm bist du doch nicht
(so dumm bin ich, das selbst einzusehn)
– daß du nicht selber einsehen könntest, daß es so nicht
– so gehts nicht weiter.

– Hat jemand bemerkt, daß es hier nicht mehr so grün ist?
Im Fenster bewegt sich etwas. Draußen geschieht etwas. Schaut jemand zu, wie sich die Baumaschine hinter den Ästen hebt, dreht, senkt, wie sie schürft, stößt und immer näher kommt? Wie an einem Stück Gartenhecke das Laub zu vibrieren anfängt, ein Busch nach hinten lehnt, auf die Ladeschaufel fällt, die sich schließt, wie an ihm gezerrt, gerissen, er dann mit einem hängenden Rasenstück hochgehoben, am Fenster vorbeigeschwenkt wird, das Zimmer verdunkelt   einen Moment, dann ist es wieder hell
(man sagt, man sehe es an der Nasenspitze)
es wird am nächsten Busch, an einem Baum gezerrt, die Ladung, Zweige, Laub, Wurzeln und Erde hochgehoben, während einzelne Steine und etwas Erde abrutschen und an der Seite der Schaufel herunterfallen, am Fenster vorbeigeschwenkt

– Einfach anfangen: du setzt dich hin, (sagt das Will?) nimmst dich zusammen, ordnest deine Gedanken
– lassen Sie sie in Ruh, Sie meinen, das sei wie beim Stricken?
Eine sitzt da, der Strumpf baumelt von den Nadeln, sie bewegt die Finger mit den Nadeln ohne zu denken, was sie macht, hört Joan Baez zu oder Leonard, oder zählt Maschen, konzentriert sich auf ein Muster, wechselt die verschiedenfarbigen Fäden. Von Zeit zu Zeit nimmt sie das Gestrickte auf, mißt ab, wie lang es jetzt ist, schon ein schönes Stück gewachsen.

Und kommt jemand, steht sie auf, erfreut über die Unterbrechung, legt die Strickerei ab, oder nimmt sie mit, geht, das Wollknäuel unter den Arm geklemmt, strickend zur Tür, begrüßt, plaudert strickend oder hört strickend zu, Frau Dr. Hofer ist nun endlich gestorben ein Glück für sie und die Angehörigen das war wirklich nicht mehr mitanzusehen sich vorzustellen daß einem sowas auch und weißt du daß Louis in Alaska ist auf Karibujagd der Schlittler hat ihn eingeladen und ähnliches eine Weile, um nach dieser Abwechslung wieder zum Strickmuster zurückzukommen, nein, Strümpfe strickt wohl keiner mehr, am Pullover dort fortzufahren oder bis dorthin aufzutrennen, wo sie vor einer halben, vor einer Stunde aufgehört hat aufzupassen.
Eher so: wie Madame Défarge aufmerksam beobachten, zuhören und alles notieren.

– Ich konnte ja nicht ahnen, was sich dahinter verbergen sollte, ruft Will.
– Zu hasten und zu schwitzen wie bisher
– das stolze Gefühl, etwas geleistet zu haben! die Brüder Morotti.
– Versuchte vergeblich, den Ansturm zu bewältigen, sagt Toni
– aber weit schlechter bezahlt! Frank:
– könnte man ja die Gelegenheit benützen

Draußen ist ein Stück lehmige Baugrubenwand zu sehen, mit Kiesstreifen und zuoberst Erde, vor einer roten Fassade fährt eine Straßenbahn, die Baggerschaufel dreht, senkt sich, schürft

– Schien manchmal vielversprechend, jedoch bei näherem Hinsehen
– jaja, den gleichen Eindruck hatte ich auch! meint Irene:

– scheint ein chronischer Zustand geworden zu sein.
– daß ich nicht lache, lacht Ossip.
– Hörst du? hör zu! rufen Morottis.
– Zuweilen schien es doch, als ob sich nun endlich etwas ändern würde, Toni.
– Unmöglich, jetzt ändert sich nichts mehr.

– Die Leute meinen es nur gut, tröstet Stanton.
– Außerdem sind sie dazu angestellt, zur Ordnung zu sehen, zu beaufsichtigen, nicht aus den Augen zu lassen, dazusein, mit wachsamen Blicken alle und was sie tun zu verfolgen, sagt Mme. Défarge.

– Schlag sich in die Büsche, schnell, wer kann!

31

– Halt mich, ich glaub ich schwanke!
– Kennen Sie den Kaiser der Katzen?
– Merken Sie's denn nicht?
– Was, den kennen Sie nicht?
– Warten Sie, doch, das ist der Boden, der sich bewegt, doch, in der Kunstmesse hab ich ihn vorletztes Jahr gesehen
– hängt sogar im Musée d'Art Moderne
– genau, jetzt merk ich's auch, halt mich, ja bei Vivin und Séraphine
– Seraphin hat er gesagt, und dabei lachen sie alle
– sie lachen, weil sie wanken, weil alles sich bewegt, dreht
– ich habe die Séraphine, die Malerin, gemeint

Anne rutscht
– *I am he as you are he as*
fällt einem in die Arme *as you are me*
– gefällt dir?
– schwarze Locken zu hellbraunen Augen, nicht leid, tanzen davon *as you are he,* tanzen mit den anderen im Lokal, aufgenommen, *as you are me* verschluckt *and we are all together* bewegt, geschoben, gedrückt, gehoben, bin ich wer, *bin ich er,* übertönt, ausgefüllt, zu den Ohren herein die Musik, in den Kopf, hinauf ins Gehirn, *bist du sie,* hinunter, im Takt atmen, Takt im Bauch, in den Beinen, Füßen, *sind wir alle* Töne füllen alles aus, Körper, Zwischenräume, keine, *alle zusammen* gedrückt, gepreß, *sie ist er,* ein Paar gegen das andre, alle von allen Seiten *zusammen,* bewegt, gleich, aneinander, miteinander, walzen unter beweglichen Lichtern, geblendet, dann im Dunkel *ich bin er und du bist sie sind wir alle alle alle alle alle*

zusammen auf einem erst langsam, dann schneller sich bewegenden, sich hebenden, senkenden Boden, zwischen Wänden, die sich bewegen, sich einwölben, ausdehnen, unter einer Decke, die tief, fast auf den Köpfen liegt und mit den Tänzern sich hochhebt und Schlag auf Schlag sich senkt, hebt, fällt, steigt, ein gläsernes Bahnhofsdach, rot, dann schwarz, kreist schneller, Zentrifuge, treibt die Tänzer im Kreis herum gegen den Rand, immer dichter kreisum, drückt sie an die Wände, die nachgeben, schleudert sie über einen Rand hinaus
hinunter
wirbeln unten, ein Stockwerk tiefer, weiter, zu Musik, die von allen Seiten auf sie schlägt, sie erfaßt, an Fäden aufgehängte Marionetten, Arme, Beine, Köpfe, Schultern, Rümpfe bewegt
– komm hinüber! zwei tanzen aus der Menge hinaus, lehnen sich an eine Wand, außer Atem, schauen sich an: wer bist du? und die Wand gibt nach, kippt, sie fallen rückwärts
abwärts
hinunter
immer weiter zu Musik weiter bis zuunterst
– jetzt ist Montag oder schon Dienstag
– bald Wochenende: kommst du tanzen?

32

– Wie sie sich dort drängen, siehst du, wie sich einzelne durch die Tanzenden drücken, nach vorn, zum Eingang der Halle, dort muß etwas zu sehen sein, siehst du?
– Die Weiber in der Markthalle?
– Ja dort die Frauen, die auf ihren mitgebrachten Stühlen beisammensitzen und stricken.
– Madame Défarge und ihre Freundinnen. Sie sitzen und stricken, ohne auf ihre Strickereien zu sehen, schauen interessiert auf etwas anderes vor sich, eine Zeitlang, dann wenden sie ihr Interesse wieder der Arbeit zu.
– Sie scheinen zu zählen.
– Ja, sie zählen: siehst du?
– Hörst du? Zwei drei dumpfe Schläge: vier fünf sechs sieben
– sie heben die Köpfe, alle gleichzeitig bei jedem Schlag, schauen kurz auf: acht! ohne ihr Stricken zu unterbrechen, senken den Blick, heben ihn wieder
– neun! noch ein Schlag: zehn
während andere weitertanzen, drängen sich immer mehr Leute vor, neugierig, wollen sehen, was los ist:
tak: 23! fliegt ein Kopf, Mme. Défarge fängt ihn auf, wie nebenbei, mit der linken Hand, den Wollfaden um den Finger gewickelt, die Strickerei mit Daumen und kleinem Finger an einem Zipfel haltend, fängt sie einen Hühnerkopf
– oder was hast du dir gedacht? Natürlich, man kann das Spiel auch richtig, nach den Originalregeln von 1789, mit Menschenköpfen spielen, mir genügen Hühner.
Sie fängt den Kopf auf, legt ihn zu anderen in einen Wäschekorb, 23! ruft sie, 23! wiederholen die Frauen, stricken weiter, während auf der anderen Seite der Guillotine

– ja, eine Guillotine steht dort, was könnte das sonst sein? auf der andern Seite flattert das zum Kopf gehörende Huhn fort, wird von einem der Zuschauer gefangen und zum allgemeinen Gaudium in die Mitte des zirkusähnlichen Raumes geworfen, der kopflose Rumpf wirbelt flügelschlagend, die dünnen Beine, Füße krallen sich in die Luft.

Dort in der Mitte sitzen Frauen in Wolken von Federn, jede mit einem Huhn auf ihrem Schoß, und rupfen so schnell sie können.

– 24! ruft Mme. Défarge.

– 24, nicken die Frauen.

33

Aus dem leeren Zirkuszelt, Stunden nach der Aufführung und nachdem es von allen Zuschauern verlassen und dunkel ist, fährt ein Zug.
Er bewegt sich auf Schienen durch einen Tunnel, sonst für die Raubtiere gebraucht, durch den sie aus dem Zwinger in die Arena gejagt werden und sich am Ende ihres Auftritts wieder in den Zwinger zurückziehen, knurrende Riesenkatzen mit schweren Tatzen behend dem Vordertier eins überwischend, das dann den Kopf kehrt, Kopf mit Mähne schüttelt, faucht, ein Peitschenpfiff vom Manegeeingang her treibt die Raubtiere an, zwei kleine livrierte Buben links und rechts des aus Teilen zusammengesetzten Ganges stochern mit Bambusstecken zwischen den Eisenstäben in die ockergelben Pelzleiber, die zurückzucken, sich sofort den Quälern entgegen gegen die Gitter werfen, ihre breiten Gesichter mit drohend aufgerissenen Rachen an die Stäbe drücken, die Jungen lachen, leicht schaudernd, treiben die Tiere, eins gegen das vordere drängend, mit ihren Stecken weiter.
Aber Buben und Raubtiere gehören nicht hierher, sind erst später dazugekommen. Es gibt nur diesen Gang, vergrößert zur Höhe einer Bahnhofshalle, deren Konstruktion nicht verglast sondern mit Zelttuch überzogen ist, ein Gang, der aus einem großen leeren Zelt führt, und durch den eine Bahn fährt.

Die hintersten geschlossenen Wagen sind mit Tieren beladen, dem Poltern und Kratzen an den Holzwänden, dem Getrampel von Hufen, dem Wiehern und Brüllen, oder einzelnen Ohren, einem Schwanz oder Rüssel, durch Türspalten herausgedrückt, nach zu schließen. In den vorderen

Waggons sind die Artisten untergebracht, durch die Mittelgänge schlagen Kinder das Rad, üben Salto aus dem Stand, Brücke und Überschlag, laufen auf den Händen und tragen die jüngsten Geschwister auf ihren Fußsohlen, kleine Affen hangeln von Gepäcknetz zu Netz und kiebitzen in die Karten jassender Clowns.
Jassende Clowns, Affen und turnende Kinder? Nein.
Das Zirkuspersonal sitzt schweigend in den Abteilen, spielt nicht, trainiert nicht, tut überhaupt nichts, ruht sich aus zwischen zwei Orten, nach der letzten Vorstellung hier und vor der nächsten am nächsten Platz. Die Tiere schlafen.

Oder:
es könnte sein, daß man alles, Tiere, Artisten und ihr Gerät wahllos miteinander in Waggons verladen hat, daß, trotz Reklamationen, Weinen, Brüllen die Türen zugeschoben wurden, der Zug abgefahren ist, Menschen, Tiere, Trapeze, Instrumente durcheinanderrüttelnd.

Als Lokomotive eingespannt, versucht Anne, den so beladenen Zug zu ziehen. Als Vorspann: ein schmales hohes Gerüst, aus vier Stelzen mit Leitersprossen an allen vier Seiten fest verbunden. Darauf balanciert sie und probiert sich fortzubewegen, in der Art der Anstreicher, die, auf einer Bockleiter stehend, die Unterschenkel links und rechts hinter eine Sprosse geklemmt, sich und die Leiter einen Schritt weiterbewegen, den Platz wechseln, wenn sie eine Fläche der Saaldecke gemalt haben.
Die Schritte, die sie zustande bringt, sind winzig, und jeder Versuch, einen der Stelzfüße vorzustellen, bringt sie ins Wanken. Die Leiter dreht sich um ihren einzigen stehenden Punkt, Anne muß die Drehung mit einer Gegenbewegung des Körpers ausgleichen, dabei versuchen, das seitliche Gleichgewicht zu halten, darf sich auch nicht dem Zug nach hinten überlassen, zudem muß sie aufpassen, daß

sich die Stelzfüße nicht in einer der Gleisrillen verklemmen, was leicht geschieht, denn sie muß den Zug auf versenkten Gleisen ziehen, also zwischen ihnen gehen, und die Stelzen passen so knapp in die Rillen, daß man sie, sind sie einmal darin eingeklemmt, kaum mehr frei bekommt. Außerdem liegt auf dem Boden alles mögliche herum, das Anne mühsam mit einer Stelze fortschieben, Stück nach Stück aus dem Weg räumen muß, und weil es hier im hinteren Teil des Tunnels dunkler ist, stolpert sie immer wieder über etwas, das sie nicht gesehen hatte.

Anne kann nicht immer auf den Boden, muß auch nach vorn und nach oben schauen. An den Eisenverstrebungen der Dachkonstruktion hat sie sich mehrmals den Kopf angeschlagen, ist weiter hinten, wo es ganz finster war, an einem Querbalken hängen geblieben und dann hinuntergestürzt, woran sie sich kaum mehr erinnert, genausogut könnte es sein, daß sie über etwas gestrauchelt und darum gefallen ist, das weiß Anne jetzt wirklich nicht mehr genau, es könnte auch sein, ist wahrscheinlich, daß sie mehr als einmal gestürzt ist.

Jetzt paßt Anne auf, wenn sie kann, zieht den Kopf ein vor jedem Hindernis von oben, macht sich klein auf ihrem Gestell, wobei sie die Übersicht verliert, über etwas stolpert, das auf dem Gleis liegt, sie wankt furchterregend von einer Seite auf die andre, fängt sich auf

– Hochmut, ruft es von hinten,

– Überheblichkeit! ruft jemand herauf, woher weiß der, daß Anne das Kunststück Spaß macht, macht es ihr Spaß? Ruft da wirklich einer? Nein keiner.

Unten arbeiten Männer ruhig mit Foto- und Filmapparaten, schrauben an Stativen, stellen Winkel ein, fahren vor und zurück, lange Kabel hinter sich herziehend, mit denen die Kameras am Strom angeschlossen oder untereinander verbunden sind. Ein Durcheinander von Schnüren, Ketten

und Stativbeinen, durch das sich die Leute mit langen vorsichtigen Schritten bewegen, nach rückwärts treten, näher kommen, mit einem großgeöffneten Auge durch Objektive schauen, während sie, irritiert, weil man ihr den Weg versperrt, am Ort, im Stand balanciert, bald verzweifelt, weil das schwierig, fast unmöglich ist.
Aber da macht sich das Team der Kameraleute schon umständlich daran, alles wegzuräumen, faßt Stative, schleppt die Apparate zur Seite, entwirrt verknüpfte Kabel, zerrt an Steckern.
Sobald das Gleis frei scheint, probiert Anne einen Schritt, verfängt sich dabei mit einem der Stelzfüße in der Schleife einer dünnen Kette, die doch auf dem Boden liegen geblieben ist, und stürzt in hohem Bogen auf die Erde, die Leiter fällt mit ihr.

Madame Défarge sitzt als Direktorin der Show neben dem Bahngeleise. Sie sieht, wie Anne fällt, schlägt die Hände theatralisch zusammen und versteckt ihr Gesicht im Schoß einer aufrecht neben ihr sitzenden Frau.
Diese Verzweiflung über Annes Unvermögen ist gespielt, Anne weiß genau, daß die Direktorin eigentlich nie mehr von ihr erwartet hatte. Und zudem ist ihr Theater jetzt, hier, ein falscher Vorwurf.
Also klettert Anne, auf jeder Sprosse balancierend, die Leiter wieder hinauf um weiterzugehen.
Die Schienen, die sie mit den Stelzen vermeiden muß, auch noch anderes stört immer wieder, an der Decke gibt es neue Widerstände, sie muß sich hie und da bücken, kleiner machen, was auf der Leiter doch fast unmöglich ist. Meist ist ihr schwindlig, sie hat auch Angst, und stark schwankend, sagt sie sich, daß dieser Balanceakt noch nicht genügt, daß das bis jetzt gar kein Kunststück, nur Fortbewegung, der Weg zum nächsten Ort ist, wo die Vorstellung erst beginnen wird.

Dann, dort wird einer nach Anne die Leiter heraufsteigen, auf der es ihr allein schwer genug fällt zu stehn, auf ihre Schultern klettern, während sie von einer Seite zur andern fällt, ein Mann, der Anne fremd ist, obwohl sie ihn kennen sollte, sich auf ihren Schultern produzieren, das wird schiefgehn, sie wird beide, sich und ihn, nicht mehr auffangen können, er wird versuchen, einen schweren Balken über seinen Kopf zu halten, so als ob das ein langer, federnder Balancestab, als ob diese Produktion eine elegante Nummer wäre.
Jetzt hat sie's satt. Das gefällt ihr doch gar nicht, und das wird sie überhaupt nicht können, zu soetwas muß man geboren und von kleinauf trainiert sein, das war auch gar nicht so abgemacht, ist, ohne daß man Anne vorher um ihre Zustimmung gefragt hat, inszeniert worden.
Anne springt ab. Und weiß dabei, was sie tut.

Da erhebt sich Madame Défarge und überschüttet sie mit Vorwürfen, einem melodischen Lamento, während die Frau neben ihr das ausdruckslose Gesicht von Anne ab, auf die Seite wendet.
Die Mitspieler in ihren Waggons stehen auf, lehnen sich aus den Fenstern, schütteln Fäuste, sie öffnen die Zugtüren, springen heraus, kommen drohend auf Anne zu
nein
wie wollen sie aufstehn? Sie bleiben bewegungslos, sprachlos vor Enttäuschung,
und die Direktorin kehrt sich gegen die Wand.

Alphabetisches Gesamtverzeichnis der suhrkamp taschenbücher